Syrjäkylän kasvatti.blogi.fi

Elämä hallitussa sivuluisussa

Kustantaja: BoD – Books on Demand, Helsinki, Suomi
Valmistaja: BoD – Books on Demand, Norderstedt, Saksa
ISBN: 978-952-318-454-1

Lauantai 1.1. Kello 18.30.

Hyvää uuttavuotta kaikille!

Haluan toivottaa teidät tervetulleiksi mielenkiintoiseen maailmaani blogini kautta.

Bloggailen milloin mitäkin, mutta enemmän blogini käsittelee ajatuksia elämästäni.

Jos olet hirveän tosikko, et kestä kuulla tosielämän tarinoita, et jaksa turhaa jauhantaa tai ehkä jopa härskikin kieliasu hirvittää, voit jättää suosiolla lukematta. En myöskään halua loukata ketään jutuillani.

Astu kyytiin ja laita turvavyö tiukalle, varaudu nauramaan, ajattelemaan asioita, olemaan ajattelematta yhtään mitään, todistamaan uskomattomiakin asioita, sillä tämä blogi ei jätä ketään kylmäksi.

Maanantai 10.1. Kello 20.02.

Hauduttelin ajatusta blogin kirjoittamisesta ja siitä johtuu muutaman päivän tauko. Pahoitteluni siitä etten ole kirjoittanut mitään tuona aikana. En ole ennen kirjoittanut blogia, enkä myöskään päiväkirjaa. Jälkimmäistä olen saattanut tehdä, mutten myönnä sitä.

Mistähän sitä aloittaisi? Kerron hieman itsestäni. Haluan pysyä nimettömänä, säilyttääkseni edes jotain salassa. Hyvä on, nimeni on Tapio, kuten tarujen metsien kuningas. Olen kolmekymppinen mies. Olen syntynyt pienessä kylässä, pienessä kunnassa. Kaupunkilaiset sanoisivat, että olen korvesta. Mielestäni kovimmat tulee korvesta, sanoipa tähän kuka mitä hyvänsä. Nykyään asun kauniin vaimoni kanssa suuressa kaupungissa, komeassa kartanossa. Valkoiset valheet kaunistavat maailmaa. Vaimoni on kyllä kaunis, mutten asu kartanossa vaan perus omakotitalossa. Elämältä olen saavuttanut paljon, sillä olen naimisissa (pankin kanssa). Olen tylsä, tavallinen ja lihava mies, jolle ei koskaan tapahdu mitään. Olisin jälleen voinut valehdella olevani lihaksikas, rikas ja jännittäviä harrastuksia omaava mies. Veikkaan että olisin saanut näin enemmän lukijoita blogilleni. Aikanaan olisin unohtanut, mitä olen kertonut ja julkaissut oman kuvani teidän ihmeteltäväksi. Olisin varmaan syyllistynyt murhaan tai olisin saanut korvausvaatimuksia menetetyistä yöunista.

Mistä siis kirjoitan teille? Mielessänne pyörii suuri kysymys ja mietitte, että miksi tuhlaisitte aikaanne jatkaaksenne lukemistanne. Miettikääpä sitä ja he jotka jatkavat lukemista, tulevat sen huomaamaan. Olen siis mystinen, tylsä, tavallinen, lihava ja omakotitalossa vaimonsa kanssa asuva mies. Mitä minunlaisellani miehellä voisi olla tarjottavana teille? Jätän teidät tämän kysymyksen äärelle ja toivon sisimmässäni, että kuitenkin jatkaisitte lukemista.

Torstai 6.2. Kello 19.15.

Miten tuota lunta mahtuukaan tähän maailmaan? Ensin sataa viikon lunta, josta lopulta kertyy toista metrin kinokset ja sitten tulee kolmenkymmenen asteen pakkaset. Onneksi on olemassa takkaleivinuuni, joka lämmittää mukavasti. Nyt minulla olikin taas aikaa istua kirjoittamaan teidän iloksenne. Näin kylmillä ilmoilla mieleeni vierähti hauska tarina eräästä asuntovaunu reissusta. Jokainen saa itse miettiä, onko tarina tosi. Voin kehua, että minua on sanottu rehelliseksi mieheksi silloin kun en valehtele. Nyt menemme itse tarinan äärelle.

Oli kaunis ja aurinkoinen kesäpäivä. Olimme kavereiden kanssa vapaalla ja ajattelimme lähteä asuntovaunulla pakoon muuta maailmaa. Varasimme kalastusvälineet ja tietenkin autolastillisen kaljaa. Päivän mittaa siinä kalastelimme ja saimmekin kalaa. Kalaa tuli varmasti ennätysmäärä ja se hauki mikä otti kiinni ja lopulta karkasi, oli ainakin viisitoista kiloinen. Rantaan päästyämme aloimme ottamaan olutta ja lämmittämään pressusta koottua saunaa. Puhun sitten oluesta monessa muodossa, älkää välittäkö. Joskus puhun oluesta, joskus kaljasta ja saattaa joskus lipsahtaa bisse tai jotain muuta. Rakkaalla lapsella on monta nimeä. Palataan jälleen asiaan. Otimme siis olutta ja saunoimme. Meitä oli neljä miestä, Jami, Sami, Kari ja minä. Neljä nuorta, humalaista ja kiimaista miestä keskellä korpea. Humalaisen miehen on saatava, mitä humalaisen mieli halajaa.

Otimme kaikki puhelimet käteen ja soittelimme kaikki mahdolliset sinkku naiset läpi. Lopulta tärppäsi. Kaksi naista olivat tulossa, keskelle ei mitään, juomaan kanssamme. Toinen oli lähemmäs neljänkymmenen ikäinen yksinhuoltaja. Hän oli todella kuuma puumanainen, jokaisen nuoren miehen unelma. Toinen naisista oli kolmenkymmenen pintaa oleva fitnessmalli. Enempää ei varmaan tarvitse kertoakkaan?

Suunnitelmat olivat selvät ja kaikki tuntui menevän kuin elokuvissa. Elokuvissa nainen ja mies saavat toisensa ja elävät elämänsä loppuun saakka. Naiset saapuivat asuntovaunulle ja siitä se sitten lähti, miesten tulinen taistelu siitä että kuka saa ja kuka ei. Lopulta kaksi heistä luovutti. Kaiken parhaaksi sattui vielä niin, että toisella naisista oli "ne päivät". Erotiikkaa tihkuva puumanainen oli valmis antamaan kaikkensa ja antoikin, nimittäin yhdelle. Muut nukkuivat, tai näin oli oletettu. Jami sai mitä halusi ja pakeni paikalta. Oikeastaan hän sai paljon enemmän mitä oli odottanut. Edes hänen miehisyytensä ei olisi riittänyt yksistään naiselle. Kesken kaiken nainen oli löytänyt talouspaperitelineen ja työntänyt tämän sinne minne aurinko ei paista. Mies raukan huuto oli sydäntä riipaiseva. Nainen oli niin intohimoinen, täynnä virtaa ja energiaa. Yksi ainoa asia joka sai teeskentelemään nukkuvaa, oli naisen humala. Humalaisen hoipertelu, puheet, huutaminen ja oletettu seksikkyys tekivät tehtävänsä. Jos nainen ei olisi ollut niin humalassa, olisi voinut käydä toisin. Ikimuistoinen asuntovaunu reissu oli vertaansa vailla ja kirjoitettu historian tuuliin.

Perjantai 13.2. Kello 19.45.

Tänään kävin töissä. Nyt paljastui sekin, en ole "sossun pummi" tai Kelan rahoilla. Ei ole vaimonikaan. Käyn töissä noin viidestä kuuteen päivään viikossa. Kuukaudessa ansaitsen noin kaksituhatta euroa. Minua ei voi luokitella parempi tuloiseksi, muttei huono tuloiseksikkaan. Näillä tuloilla pärjää kohtuullisesti, ainakin niin kauan kuin verotus ei muutu liian radikaalisti. Voin sanoa, että täällä syrjemmässä asumisesta tulisi vaikeaa, jos autot vietäisiin tai verotuksia nostettaisiin. Täällä ei kulje enää edes linja-autot. Suureen kaupunkiin en halua, enkä halua etelään.

Töiden jälkeen kokkasin perusruokaa vaimolleni ja itselleni. Laitoin perunamuusia ja poronkäristystä. Lisäksi tein kevyen salaatin ja jälkiruoaksi hedelmäisen smoothien. Ruoan päälle hieman makoilin sohvalla ja katsoin televisiota. Televisiosta tuli taas vaihteeksi vain joitakin helvetin uusintoja. Kokkiohjelmia, hääohjelmia, kokkausta häissä, julkkisten häissä kokkauksen merkeissä, häät ruotsalaisittain, suomalaiset häät venäjällä, koti kuntoon kierrätystavaralla, tavarat kotiin kierrätyksestä, kierrätyshäät, lauletaan häissä kodista yms. Päätin sitten miellyttää vaimoa ja aloin siivoamaan. Senkin pervo, ajattelit varmasti jotain aivan muuta, kuin siivoamista. Vaimo oli yhtä hymyä, kun näki puuhasteluni.

Illan tullen painuimme sänkyyn. Olemme ajatelleet, että olisi mukava saada lapsia. Kahdesta kolmeen lapseen olisi sellainen hyvä luku. Se on perus suomalaisen perheen koko. Omistaisimme punaisen tuvan ja perunamaan. Punaisen tuvan tunnelmaa ylläpitää pari pientä mukulaa.

Asettelin kynttilöitä ympäri huonetta, tunnelmaa luomaan. Nyt tästä lähdenkin peiton alle vaimoni viereen. Tänä yönä sängyssä tehdään muutakin, kuin nukutaan.

Tiistai 20.2. Kello 18.00.

Tänään on taas helmikuinen pakkaspäivä. Pari päivää kerkesin nauttia lauhoista ilmoista, käydä luistelemassa ja kerkesin jopa olettaa pakkasten loppuneen vähäksi aikaa. Näin ei käynyt.

Aikaisemmin kerroin teille hieman eroottisen tarinan, tänään jatkan samalla linjalla. Miten se voikaan olla niin, että suomalaisen miehen elämään mahtuu niin paljon humalareissuja ja erotiikkaa? Toisinaan tuntuu, ettei koskaan tapahdu mitään, saatika ole koskaan mitään tapahtunutkaan. Kaikesta huolimatta aiheita tuntuu riittävän. Ainakin tarinoita riittää humalaisesta sekoilusta, sekoilusta yleensäkin tai erotiikasta. Niin hauskaa kun se on.. "reps". Unohdin mitä olin sanomassa. Aloitetaan siis tarina siitä, kuinka pitkän tauon jälkeen tapasin erään naisen ja kuinka yksi kaveri halusi juoda itsensä niin humalaan, ettei muistaisi kyseistä iltaa.

Olin sopinut treffit erään leirintäalueen mökille. Naisella oli eräänlainen ongelma, hänellä ei ollut kyytiä mökille. Soitin kaverilleni Jamille ja hän lupasi auttaa, jos tarjoaisin juomat hänelle. Näin sovittiin ja kaveri lähti naista hakemaan. Ei olisi hakenut jos olisi tiennyt mitä on odotettavissa. Jami saapui leirintäalueelle komealla traktorilla, nainen kyydissä. Ensimmäisenä Jami halusi palkkansa ja kumosi kylmän huurteisen kurkusta alas. Siinä mökillä ollessa pelailtiin pelejä ja juteltiin henkeviä.

Jami halusi, että lämmittäisin saunan. Hain puita liiteristä, sytytin saunan ja hain vettä saunaan. Saunassa alkoi lämmöt olemaan kohdallaan ja Jami meni edeltä saunaan. Minulla oli tarkoitus mennä myös saunaan, kunnes nainen näki kun riisuuduin. Nainen tuli viettelevästi luokseni ja suuteli minua. Yksi asia johti ensimmäiseen ja toinen toiseen asiaan.

Jami huuteli saunasta minua saunomaan, kun oli ihmetellyt seinään kohdistuvaa pauketta. Pienen hetken jälkeen Jami oli tajunnut mitä oli tekeillä, kun oli kuullut naisen huutoa. Hän mietti, että mitä tekisi. Hyvät löylyt oli jo heitetty ja oluet oli kumottu kurkusta alas. Pienen hetken jälkeen pääsin vihdoin saunaan ja huomasin Jamin makaavan puoliksi saunassa ja puoliksi pukuhuoneen lattialla. Pukuhuone oli erittäin pieni ja lähes yhtä lämmin kuin saunakin. Jami oli onneksi tajuissaan ja ensiapu lähellä leirintäalueen respassa. Hän oli todella vihainen ja saarna, jonka hän piti meille, oli myös ikimuistoinen. Jatkoimme vielä touhujamme Jamin sammuttua, hänen saarnoista välittämättä.

Perjantai 13.3. Kello 15.15.

Tänään on perjantai 13. päivä, joka on onnen päiväni. Toiset luulevat sen tuottavan epäonnea. Minulle tämä päivä on yhtä juhlaa.

Tänään päätimme äijä porukalla, että pelataan lätkää illalla konsolilla. Se on ihan parasta hupia arkiseen arkeen. Juomme olutta, pelaamme, reuhaamme ja saunomme. Saunan päälle varmaan lähdemme paikalliseen pubiin istumaan. Pubissa näemme tuttuja ja ehkä pääsemme laulamaan karaokea. Jätkät lirkuttelee punahuulisorsille ja yrittää kenties päästä pukillekin. Luulen, että itse haen yön päätteeksi pitsaa ja painun vaimoni viereen. Pitsa ja grilliruoka ovat juomisen päälle erittäin hyvää. En tiedä mistä se johtuu, mutta näin se vain on.

Kaikkien asioiden suhteen tämä onnenpäiväkään ei toimi. Vaimo nalkutti, että taasko sitä pitää mennä juopottelemaan. Taas? Join varmaan viimeksi kuukausi sitten. Tarkkoja muistikuvia tästä ei ole. Taisi muisti lähteä viimeksi tai sitten se on varhaisiän dementiaa. Voihan se olla, että kotona odottaakin märkä ja kehräävä mirri, pahoitellen päivällistä nalkuttamista. Tämä asia jääkoon nähtäväksi.

Lauantai 14.3. Kello 16.00.

Lauantaiaamu. Heräsin ja tunsin että aamu alkaisi hyvin. Ei mennyt kuin puoli tuntia ja olisin toivonut kuolevani. Olin herännyt karuun todellisuuteen. Todellisuuteen joka valuisi pöntöstä alas, todellisuuteen joka takoisi lekalla päätäni pieni pala kerrallaan pieniin murusiin. Se on sellainen todellisuus, jota ei tahtoisi edes pahimmalle vihamiehelleen. Oksensin kuusi kertaa, vain kuusi kertaa. Rintakehäni tuntui painuneen kasaan, melkein kuin kylkiluut olisivat murtuneet kauheasta paineesta. Laitoin silmäni kiinni ja huomasin olevani helvetissä. Rumat oliot valtasivat mieleni ja pakottivat pitämään silmäni auki vaikka olin niin väsynyt, että olisin halunnut sulkea ne. Kylmä hiki virtasi vuolaana ihoni läpi, tunsin jokaisen pisaran erikseen. Tunne oli kuin kidutuskammiossa, jossa pudotetaan tippa kerrallaan kylmää vettä iholle. Otin lasin vettä, sillä mikään muu ei ollut pysynyt sisällä. Lopulta ei pysynyt enää vesikään, vaan se tuli ylös ponnistellessani pöntöllä, eikä enää mitään muuta tullut. Minua itketti ja silmät sumenivat mutta aina, kun laitoin silmäni kiinni, möröt hyökkäsivät kimppuuni. Lopulta olin jo niin väsynyt, että annoin periksi ja menin nukkumaan. Olo helpottui.

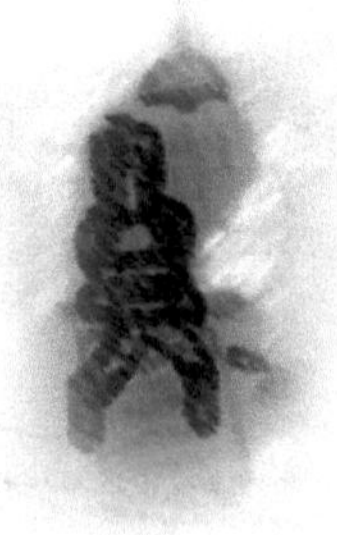

Kaikki tämä alkoi edellisenä päivänä, kun työkaverit olivat sopineet, että pidämme bileet illalla. Kuulit oikein, äijien ilta peruuntui sittenkin. Jokainen toi omat juomansa mukanaan ja pienimuotoisina nyyttäreinä jotain purtavaa mukanaan. Lauloimme karaokea, saunoimme ja kaikki meni kuin elokuvissa, elokuvissa tosiaan. Yksi työkavereista toi mukanaan naisensa. Nainen oli juonut itsensä niin hyvään kuntoon, että ei olisi tarvinnut kuin sormia napsauttaa, niin haarat olisivat auenneet kuin taikaluolan ovi. Nainen ei ymmärtänyt mitä hänelle sanottiin. Hän oli kuin toisesta maailmasta. Ehkä nainen olikin maailmanvalloitusaikeissa oleva alien ihmispuvussaan ja halusi lisääntyä kaikkien kanssa. Naiselle olisi kelvannut kumman sukupuolen edustaja tahansa. Kyseinen nainen ei kelvannut kuitenkaan kenellekään muulle, kuin hänen omalle miehelleen.

Pääsimme bileistä baariin. Baariin päästyäni annoin portsarille tuttuun tapaan tippiä jättäessäni takin naulaan. Juoksin tiskille pää neljäntenä jalkana. Miehellä noita jalkoja tuntuu olevan enemmän kuin naisilla, ainakin yksi enemmän. Tiskillä tilasin oluen, tuttu ja turvallinen valinta. Jäisen kylmä olut, joka kerjäsi nostamaan tuopin huulille ja juomaan sen ykkösellä alas. Illan mittaan oli taas kuultu mitä surkeimpia karaoke esityksiä ja ajattelin muutaman oluen jälkeen mennä tilaamaan itselleni kappaleen. Kuuluisa kultakurkku kun olen. Sarkasmi on elämän suola jos totta puhutaan. Maailmani romahti kun kuulin, että karaokelistoja oli supistettu ja juuri se minun kappaleeni oli poistettu. Tilasin toisen kappaleen ja toisen oluen.

Olutta juodessani huuruinen katseeni kiinnittyi kaljuun mieheen, joka raivosi baarimikolle. Hän väitti baarin olevan hänelle velkaa ja aikoi periä velat oluina itselleen. Katsoin olevani niin hyvässä kunnossa, että päätin jättää asian siihen. Säälin kaljua miestä, ties kuinka olisi saanut elämänsä selkäsaunan minulta jos olisin puuttunut asiaan.

Etsin pöytää itselleni ja huomasin, että taas tuo nainen jota alieniksi myös uskoin, yritti vietellä vieraita miehiä itselleen. Istuin kuitenkin pöytään odottelemaan omaa laulu vuoroani. Vihdoinkin pääsin laulamaan ja mikä sen parempaa, joku ulkopuolinen tuli ölisemään viereen. Tätä ölisemistä hän väitti lauluksi. Annoin hänen laulaa mukana, mukava mies kun olen.

Pitkän illan aikana juteltuani tuttavien, puolituttujen ja oikeastaan tuntemattomienkin kanssa, tuli valomerkki. Ajattelin, että tilaan vielä yhden, kun enhän ollut juonut vasta kuin pitkän pullon kirkasta ja kymmenen olutta. Oluen juotuani kävelin melkein suorin askelin hakemaan takkia narikasta. Narikasta kompuroin lähimpään pitseriaan, joka oli noin sadan metrin päässä. Tilasin pitsan ja marssin vessaan roiskimaan virtsaa seinien kautta pönttöön. Suoriuduttua virtsaamisen ilosta, sainkin pitsan suoraan vessan ovella vastaan. Kyyti odotti ulkona ja kyytiin kammettuani pääsin kotia syömään pitsaani. Kuulin, että jos olisin mennyt puoli tuntia myöhemmin hakemaan pitsaa, olisin päässyt perinteiseen tappeluun. Tappeluun joka olisi voinut johtaa ilmaiseen majoitukseen valtion hotellille.

Keskiviikko 20.3. Kello 19.30.

Tänään olin ällikällä lyöty. Tulin töistä kotiin, söin ja menin sohvalle iltapäivätirsoille. Yhtäkkiä kesken unien vaimoni roiskaisi kusisen tikun silmieni eteen. En meinannut oikein ymmärtää miksi hän näytti sille, kuin laskisi alleen. Juurihan hän toi tikun silmieni eteen todistaakseen, että hän oli käynyt pissalla.

Tikussa näkyi kaksi viivaa. Vaimo ei edelleenkään hytkynnältään puhunut mitään. Mietin ja mietin, kunnes tajusin. Vaimoni kiikutti silmieni eteen raskaustestin. Katsoin vaimoani ja hän vihdoin sai sanotuksi "positiivinen". Otin vaimon hellään syleilyyni ja rutistin häntä. Kyyneleet vierähtivät poskelleni. Onnen tunne oli sanoinkuvaamaton. Tästä se valmistautuminen isyyteen sitten alkaa. Totuttelu ajatukseen, että kohta meillä on oma perhe.

Tiistai 1.4. Kello 21.30.

Hengissä! Viimeksi tuntuikin, kuin maa olisi kadonnut jalkojeni alta.
Shokista on selvitty ja ensimmäinen neuvolakäyntikin on takana.

Tänään paneuduin ajatuksen kanssa muistelemaan menneitä. Synnyin
pienellä kylällä, pienellä paikkakunnalla. Harrastuksia oli juuri ne mitä luonto
ja ympäristö pystyivät tarjoamaan. Oikeastaan olen erittäin kiitollinen siitä,
että olen oppinut elämään suhteellisen vaatimattomassa ympäristössä. Kaikki
kaverini olivat samalta kylältä. Kävimme kavereiden kanssa tuttua, turvallista
ja pientä koulua. Päivästä toiseen keksimme kaikkea pahuutta toisten pään
menoksi. Lopulta tuli aika kun pieniä kouluja alettiin lakkauttamaan. Koulu
jakaantui kolmeen osaan. Vanhimmat pääsivät suoraan yläasteelle ja
nuorimmat jakaantuivat kahteen eri alakouluun. Tuli uusi koulu ja uudet
kuviot. Ensimmäiset päivät olivat yhtä selviytymistä, mutta sitä oppi
tuntemaan toisia ja pitämään uudesta ympäristöstä. Muistan, kun oltiin
muutaman jätkän kanssa viitosella vähän kovempia jätkiä, kuin muut.
Kokeilimme tupakkaa, jotka oli tietenkin pöllitty jonkun vanhemmilta. Aina
kun vanhemmat lähtivät tansseihin, oli tiedossa, että isännällä oli viinaa
jemmassa. Sitä sitten pöllittiin pikkuisen ja kaadettiin vettä viinan tilalle. Ei
sitä paljoa silloin juotu, mutta piti sitä jo vähän kokeilla. Tietenkin isäntä
jekut huomasi, muttei osannut etsiä syytä talon nuorimmasta.

Taisi olla kuutosluokalla kun vertailimme toistemme kehityksiä. Toisilla oli jo oikeasti alkanut murrosikä pukkaamaan läpi. Tytöt kiinnostivat jo paljon ja aamuisin saattoi huomata peiton alla, jonkin jäykistyneen ja roiskivan elukan. Ei puhuta enempää siitä. Ääni alkoi pikkuhiljaa muuttua ja karvoitus lisääntyä. Tuntui että tuli hirveästi paineita. Piti käydä ostamassa kortsuja kauppa-autosta, niin, kauppa-autosta. Keskellä ei mitään, kulki auto josta sai ostettua kaikkea. Ainoat kerrat kylällä oli vanhempien kanssa ja ei silloin kehdannut kortsuja ostaa.

Tuli aika siirtyä yläasteelle ja minulla oli jälleen aika päättää kahden koulun välillä. Valitsin oman paikkakunnan koulun, sillä olin kuullut että toisessa koulussa olisi tiukka kuri. Eikä sillä toisella kylällä asunut enää silloin ketään. Ensimmäinen koulupäivä jäi hyvin mieleen, kaikki oli uutta ja suurta. Yksi pöllähtäneen näköinen likka tuli kysymään minulta, että mitä tekisin täällä kun ammattikoulu on toisella suuntaa. Ajattelin että tytöllä ei taida olla kaikki inkkarit kanootissa. Yhdellä välitunnilla menimme kavereiden kanssa erään rakennuksen taakse tupakalle. Jälkeenpäin mietin että miksi, kun tupakkapaikkakin oli tuolloin koulussa. Kesken tupakan polton takana olleet tikapuut alkoivat täristä. Uskonnon opettaja oli juuri silloin sattunut olemaan katolla piippuja tarkastelemassa ja huomannut meidän touhut. Onneksi opettaja oli niin rento, että antoi vain varoituksen.

Keskiviikko 2.4. Kello 21.10.

Paneuduin tänään jälleen muistelemaan menneitä. Eilinen muistelu sai minut
elämään nuoruuttani uudelleen. Mieleeni tuli jälleen yläaste ajat. Olin
mennyt seiskalle, hormonit olivat jo hyrränneet pari vuotta. Päätin alkaa
saalistamaan tyttökaveria. Niin sitä sitten mentiin maailmaan, josta koskaan
ei olisi paluuta. Nuo julmat ja viettelevät kaunottaret veisivät sieluni ja
ruumiini, enkä saisi minuuttani enää koskaan takaisin. Tuli se päivä, kun sain
vihdoin saaliista. Iskin itseäni vuoden vanhemman punkkari tytön.
Liikuimme yhdessä ja meillä oli hauskaa. Tapasimme kavereita ja olimme
keskenään. Välitunnit vietimme yhdessä tupakkapaikalla. Oli mennyt pari
kuukautta, kun päätin uskaltaa kysyä tyttökaveriani Lissua yöksi. Ensin
kysyin vanhemmiltani ja luvan saatuani kysyin Lissulta, tulisiko hän. Lissu oli
innoissaan. Silloin en tajunnut, että nyt otettaisiin miehestä mitta ja
katsottaisiin parisuhteen kesto. Minä munasin kaiken. Illan myötä oli aika
mennä nukkumaan ja Lissu tuli viereeni. Hän huomasi kuinka jokin kova
hankasi hänen takamustaan. Lissu otti sen käteen ja kysyi, että haluaisinko
tehdä sen. Hetken emmittyäni tein asian mitä moni muu ei olisi tehnyt. Olin
niin herrasmies sanoessani hänelle, että odotetaan ensi kertaan. En halunnut
pilata hyvää suhdetta heti seksillä. Seuraavaa kertaa ei koskaan tullut. Lissu
jätti minut julmasti ja otti toisen pojan. Pojan joka kulki pilotti päällä, potki
pienempiä nivusiin ja uskalsi heiluttaa Jormaansa julkisella paikalla.
Miehuuttani oli syöty ja peloteltu takaisin pikku pojan kenkiin. Ajattelin että
näin olisi parempi, tyttö ei ansainnut minua.

Eipä mennyt aikaakaan, kuin yksi tyttö iski silmänsä minuun. Hän sattui olemaan tämän toisen tytön vihamies. Tytön nimi oli Jasmin. Hän oli huomannut että minussa saattaisi olla poikakaveri ainesta. Jälkeenpäin ajateltuna olisi ollut viisainta pysyä kaukana hänestäkin. Tämä tyttö kasvatti luonnettani enemmän kuin mikään muu elämässäni. Tämä tyttö teki elämästäni yhtä helvettiä. Kaikki alkoi mukavasti, uskaltauduin pienen ensi kankeuden jälkeen samaan sänkyyn Jasminin kanssa. Se oli kuin lahna ja pikku porsas samassa sängyssä. Tämä mielikuva on ällöttävä, mutta ehkä se kuvaa sitä parhaiten. Kaikki oli ruusuista, kunnes alamäki alkoi. Menimme ammattikoulussa olevan Jopen luo yöksi, minä, Jasmin ja Jopen muija. Jopen tyttökaveri oli juuri muuttanut paikkakunnalle. Jope ja sen tyttökaveri hommailivat illan tullen ja Jope ehdotti vielä kimppakivaa. Se oli melkoinen juttu nuorelle miehen alulle. Menin aluksi täysin sekaisin tajuamatta koko ehdotusta. Lopulta myönnyin sekaisin tuntein ja näin teimme. Minä ja Jopen tyttökaveri ei pystytty tekemään sitä mikä oli tarkoituksena. Jope ja Jasmin onnistuivat, aivan silmiemme edessä. Tästä alamäki alkoi. Lintsasimme pari seuraavaa päivää koulusta.

Samoihin aikoihin kotonakaan ei mennyt hyvin, vanhempani tappelivat keskenään kokoajan. Joka päivä oli yhtä kaaosta. Olin myös koulukiusattu. Jasmin pääsi muiden miesten makuun. Minä halusin päästä eroon hänestä ja samalla tästä maailmasta. Kerran viilsin kämmenen auki luuhun asti. Tiesin ettei siihen kuole, ellen vuotaisi kuiviin. Varastin isältäni viinaa hänen kätköstään ja kasasin viikkorahoja, joilla ostatutin kylän juopoilla lisää viinaa. Lopulta aloin varastella kaikkea. Päivät alkoivat mennä sekaisiksi. En tiennyt enää kuka olisi todellinen ystäväni. En tuntenut enää edes itseäni.

Joinakin päivinä kävin lähimetsässä katselemassa puuta itselleni. Sellaista hyvää ja vankka oksaista johon voisin päättää päiväni. Päätin kuitenkin jättää asian sikseen. Eräänä iltana vanhempani tappelivat ja Jasminin touhut ottivat päähäni. Ennen kuin olisin alkanut nukkumaan, kietaisin vyön kaulani ympäri ja kiristin sen. Minulta lähti taju ja aamulla heräsin vyö kaulaltani.

Kerroin vanhemmilleni asiasta ja he halusivat viedä minut ammattiauttajalle. Soitin Jasminille etten tulisi kouluun ja kerroin tilanteesta. Hän ei ottanut sitä tosissaan. Tuskin häntä edes kiinnosti. Vanhempani veivät minut psykiatrin vastaanotolle. Menin läpi metallinpaljastimen ja näin miehen joka näytti olevan aineissaan ja kädet viillelty verille. Minä säikähdin ja huomasin, etten kuuluisi sinne. Tuli vuoroni mennä vastaanotolle. Minua ja vanhempiani kuulusteltiin. Minulle kerrottiin talon säännöistä. En olisi saanut puhua kenenkään talon ulkopuolisen kanssa hoitoni aikana. Katsoin isääni ja sanoin että selviämme tästä ilman ulkopuolisten apua. Psykiatri yritti saada minut hoitoon, mutta isäni sai vakuutettua äitinikin, ettei minun tarvitsisi jäädä. Tästä alkoi vanhempieni välien selvittely ja minulla uusi sivu elämässäni.

Tyhmä kun olin, jatkoin seurustelua Jasminin kanssa. Välimme olivat on-offia. Aina kun olimme tauolla, säädin jonkun toisen kanssa ja Jasmin jonkun toisen. Tuli aika kun kasvoin ihmisenä ja sain tarpeekseni tästä hommasta. Päätin etten tyydy jakamaan häntä toisten kanssa. Erosimme, elämäni helpottui ja kirkastui. Huomasin kuinka oli parempi olla ilman häntä. Huomasin jälleen kuinka muut tytöt näyttivät kauniilta.

Torstai 24.4. Kello 17.26.

Tänään kävimme toista kertaa neuvolassa, siis se ensimmäinen oli raskauden varmistus. Voisi sanoa, että tämä oli se ensimmäinen virallinen käynti. Tänään vaimolleni tehtiin ultraääni tutkimus ja siellä se oli, pieni katkarapu. Neuvolan täti kyseli kovasti sukurasitteista ja kaikenmaailman sairauksista. Aivan kuin ristikuulustelussa olisi ollut. Mistä helvetistä tällainen tallukka kaikkea voi muistaa, saatika tietääkään. Nautintoaineista kyseltiin myös. Minä viisaana menin sanomaan, ettei minulla ole ongelmaa alkoholin kanssa, että kyllä se hyvin menee alas. Sain hieman tuomitsevia katseita perään. Raskauden alku on sujunut mallikkaasti, eikä mitään hätää siis ole.

Ajattelin tässä samalla, että mitä kaikkea se tulevaisuus tuokaan tullessaan. Mitä kaikkea pitää muuttaa ja olla valmis tekemään, kun pieni syntyy maailmaan. Ajatukset ja tunteet ovat hieman sekalaiset, joka on takuulla ymmärrettävää ensimmäisen lapsen kohdalla. Eräänä aamuna heräätkin maailmaan, jossa lapsi on etusijalla. Lapsi tarvitsee ruokaa, huolenpitoa ja paljon aikaa. Siinä menee täysin lapsen ehdoilla. Töissä käyminen väsyttää ja v-tuttaa, harrastuksissa käynti vähenee ja osittain voisi sanoa kaverisuhteidenkin olevan koetuksella. Pieni ihminen tulee ja vaatii kaiken aikasi, vie unesi, vaatii vaihtamaan vaippaa, kylvettämään, ja entä laatuaika vaimon kanssa sitten? Melkein vuosi menee kun katson vaimon mahan kasvamista, kuuntelen vaimon runsasta pieremistä ja ravaan kaupasta hakemassa jäätelöä, kun hän sitä keskellä yötä haluaa. Ihmettelen ja mietin kaikkia asioita pääni sisällä, tajuamatta suurinta osaa ajatuksistani.

Voisin mennä takuuseen siitä, että hienoja aikoja on kaikista ajatuksista huolimatta edessä. En usko, että ihmiset tekisivät lapsia jos se olisi hirveää tuskaa vuodesta toiseen. Miehenä oleminen raskauden aikana on vain niin täynnä kysymyksiä ilman vastauksia. Nainen tietää hänen sisällään tapahtuu ja hänelle syntyy suhde vauvaan jo tämän ollessa mahassa. Minä kyselen toisilta miehiltä, että miltä heistä tuntui mikäkin asia raskauden ja vauvan syntymisen osalta. Sen voin sanoa, että olen valmis ottamaan vastuun kaikesta tulevasta ja jännityksellä odotan mitä tulevaisuus tuo tullessaan. Lopetetaan näihin ajatuksiin tänään.

Perjantai 3.5. Kello 18.43.

Tänään minulle sattui outo juttu kaupassa. Olin ostamassa kaljaa ja kuulin erään lapsen kysyvän äidiltään, että miksi tuo raskaana oleva ruma nainen ostaa kaljaa. Katselin ympärilleni ja huomasin seisovani yksin kaljahyllyjen edessä. Lapsen äiti katsoi pahasti lastaan, supatti jotakin lapsen korvaan ja pakeni paikalta. Jäin hämilleni hyllyjen väliin, kaljapäkin kanssa.

Muutaman oluen juotuani minulle tuli eräänlainen koiruus mieleeni. Soitin taksin itselleni ja marssin terveyskeskukseen. Menin ensimmäisen lääkärin luokse ja kysyin, että koska se syntyy? Lääkäri tuijotti minua tyhmänä. Toistin kysymyksen ja sain saman tyhjän katseen. Lähdin kävelemään ja ajattelin, että on se kumma kun enää lääkäritkään osaa puhua.

Ei minulla muuta tänään.

Lauantai 4.5. Kello 08.00.

Minulla on aivan järjetön krapula. Korjaussarjalla tästä selvitään. Tsup!

Sunnuntai 5.5. Kello 11.30.

Viime yön liskodisko oli aivan järjetön. Olin jo melkein unohtanut perjantain tapahtumat, vaan aamulla ne hiipivät alitajuntaan. Voi tätä häpeän määrää. Perintönä saatu peili hajosi, yrittäessäni ottaa valokuvaa teidän iloksenne ja siinä samalla kameran linssikin meni rikki. Niin se äitimuorikin aikanaan opetti, että pohjalla on käytävä ennen kuin aloittaa matkan huipulle.

Keskiviikko 15.5. Kello 15.09.

Kevät alkaa olla ohi ja kesä on ovella. Olin käymässä kotiseudullani.
Lähdimme kavereiden kanssa katsomassa joen rannalle, kun yksittäiset
jäälautat ajelehtivat koskeen. Päivällä pelasimme jalkapalloa. Ajatuksiini tuli
yksi todella karu tapaus lapsuusvuosiltani. Pelasimme kavereiden kanssa
jalkapalloa Teemun pihalla. Meitä oli muutama kylän jäppinen. Yhtäkkiä
Teemun koira pääsi pihalle vapaaksi. Se koira oli hieman erikoinen, sillä oli
tapana nylkyttää ihmisiä. Taklasin Teemun maahan ja näin kun koira juoksi
häntä kohti. Hän oli nelinkontin maassa suu auki ja koira juoksi hänen
eteensä. Koira hyppäsi Teemun naamaa vasten ja alkoi tehdä sitä. Silloinhan
sitä kavereiden kanssa hysteerisenä revettiin nauramaan tapaukselle ja
Teemu lähti itkien ja sylkien juoksemaan kotiin. En haluaisi kokea vastaavia
intiimiä hetkiä varsinkaan koiran kanssa. Sanattomaksi tämä tapaus vetää,
vaan se on täysin totta.

Samalla kun ajelin kotiinpäin vanhalta kotiseudultani, katselin vanhoja
puhelinmastoja. Joskus sitä kaverini Samin kanssa kiivettiin sellaisen huipulle
ja katseltiin maisemia. Nyt ei osaa muuta ajatella kuin, että hulluhan sitä on
ollut. Mitä olisikaan tapahtunut, jos toinen meistä olisi pudonnut.

Samin kanssa ajelimme kesäisin polkupyörillä uimaan. Ne eivät olleetkaan ihan tavallisia uintireissuja. Joskus työnsin Samin tynnyriin, pukkasin mäkeä pitkin ja laiturilta alas. Toisina päivinä laskettiin vanhoilla traktorinrenkaan sisäkumeilla jokea pitkin uimarannalta toiselle. Ihme kun polkupyörätkin säilyivät kunnossa, kun otettiin vauhtia ja ajettiin pyörillä laiturilta alas. Olen edelleenkin sitä mieltä, että korvesta tulee kovimmat jätkät.

Torstai 28.5. Kello 16.56.

Kesä on jo näyttänyt merkkejään. Pääskyset saapuivat viikko sitten etelästä.
Elämä tuntuu hymyilevän ja aurinko lämmittää. Kävelin tänään paikallisessa
puistossa ja istuin puun juurelle kirjoittamaan biisiä pitkästä aikaa. Mielestäni
miehilläkin on oikeus olla herkkiä. Tässä on teille maistiaisia tulevasta
hitistäni.

KESÄYÖN TUULI

Kesätuuli puhaltaa vasten kasvojani,

prätkän ajoin tallista pihalleni,

tänä iltana naiset sulaa syliini,

kun kysyn: tuut sä beibe kyytiini?

kerto:

tämä yö on meille loputon,

tämä kesä on meille yhtä juhlaa,

tänä yönä sulat syliini,

rakkaus on kaunista, eikä tuhmaa.

Aamu aurinko meidät herättää,

viime yö on piirretty taivaan tähtiin,

katson sinua silmiin niin suloisiin,

ennustuksissa jo aikanaan tämä nähtiin.

kerto:

tämä yö on meille loputon,

tämä kesä on meille yhtä juhlaa,

tänä yönä sulat syliini,

rakkaus on kaunista, eikä tuhmaa.

kitara soolo.

kerto:

tämä yö on meille loputon,

tämä kesä on meille yhtä juhlaa,

tänä yönä sulat syliini,

rakkaus on kaunista, eikä tuhmaa.

Sunnuntai 6.6. Kello 14.00.

Tänään halusin avautua teille spiritismistä ja sen saloista. Olen katsonut ohjelmia kyseisestä pelistä ja lukenut paljon kirjoja. Yliluonnolliset asiat ovat omalla tavallaan kiehtoneet minua aina kovasti.

Muistan kun yksi vanhempi tuttavani kerran kauhistui, kun kyselin häneltä spiritismistä. Hän oli pienenä poikana pelannut spiritismiä kavereidensa kanssa ja jotain kauheaa oli tapahtunut. Hän ei suostunut kertomaan, että mitä oli tapahtunut.

Täytyy myöntää, että olen itsekin kokeillut kavereiden kanssa peliä. Menimme pienellä porukalla erääseen autioon taloon. Meitä oli Pauliina, Tarja, Kari ja minä. Halusimme luoda tunnelman kohdalleen. Pauliina oli varautunut myös kaksitoista päkillä kaljaa. Kaikki tapahtui keskellä yötä. Istuimme rinkiin ja laitoimme sormet lasin päälle ja aloimme pelata. Mitään ei tapahtunut. Tarja myönsi, ettei uskonut koko juttuun ja siksi mitään ei tapahtunut. Oli siinä yön mittaa hieman jännittäviä tilanteita, kun Kari sai tupakallaan sytytettyä verhot palamaan. Onneksi mitään muuta ei palanut.

Tuolla kyseisellä autiolla talolla oli aikaisemmin tapahtunut myös ihmeellisiä asioita. Talo oli jäänyt sota ajalla autioksi. Lapset olivat joskus eksyneet leikkimään sinne ja kuulleet askelia välikatolla. Kerran yksi lapsista oli myös nähnyt pelkät jalat hämärällä katolla. Talolta löytyi myös vanhoja aseen patruunoita ja ruiskuja. Mitä varten lie siellä olivat?

Minulle kävi pari kertaa autiotalolla käydessäni hurjia juttuja. Kävelin tietä pitkin talolle ja kuulin yhtäkkiä porakoneen äänen talosta. Taloon ei tullut sähköjä, eikä siellä oltu asuttu pitkiin aikoihin. Juoksin kauhusta kankeana pois sieltä.

Olin kerran menossa Karin kanssa talolla käymään, niin yhtäkkiä pusikosta lähti juoksemaan mustiin pukeutunut tyttö. Tyttö juoksi lujaa maantielle ja katosi horisonttiin. Tyttö ei ollut meille entuudestaan tuttu, emmekä saaneet häntä kiinni. Oudointa oli, että tytöltä ei jäänyt jalanjälkiä tiehen. Tie oli soratie, josta pystyi erottamaan lintujenkin jäljet.

Palataan vielä itse asiaan, eli spiritismiin. Olen lukenut, että uusien tutkimusten mukaan ihmisten sormien sähköisyys aiheuttaisi lasin liikkumisen. Samalla tavalla kuin laitat sormuksen lankaan roikkumaan ja laitat langan sormien väliin, niin sormus alkaa pyöriä kehää. Näihin mystisiin juttuihin tältä päivää. Ensikertaan!

Keskiviikko 11.6. Kello 23.45.

Nyt on aivan pakko avautua teille. Hetki sitten olin menettää täysin järkeni.
Katselin kaikessa rauhassa televisiota, niin makuuhuoneesta alkoi kuulua
hirveä nakerrus. Pomppasin pystyyn ja lähdin hakemaan hiirenloukkuja
varastosta. Kävelin hiirenloukkujen kanssa kohti makuuhuonetta ja minua
odotti karmea näky. Vaimoni nakersi hyllyn kulmaa melkein nakuna ja itkeä
tuhersi samaan aikaan. En meinannut millään uskoa silmiäni. Kysyin
vaimoltani, että mikä on hätänä. Vaimoni vaikersi ja selitti, kuinka hänelle oli
tullut himo syödä puuta. Kyselin sitten, että miltä se puu maistuu. Vaimo
valahti kyyneleihin. Yritin lepytellä ja sanoin, että ostan uuden hyllyn vanhan
tilalle. Menin vielä fiksuna miehenä sanomaan, että saatpahan syödä rauhassa
hyllyn loppuun. Vaimo näki punaista ja alkoi heitellä tavaroilla päin näköä.
Minä sitten juoksin hädissäni ulos karkuun. Kaiken huippu oli, kun olin
hetken kävellyt ulkona niin vaimo lähetti tekstiviestin minulle. Viestissä
vaimo kertoi kuinka pahoillaan oli tapahtuneesta. Viestin loppu oli jäävuoren
huippu. Viestin lopussa luki, että toisitko kulta jäätelöä nyt, kun kerta olet
kävelyllä. Silmäni olivat pudota päästäni viestiä lukiessa. Kaikenlaista se
raskaus teetättää.

Olen paraikaa täältä jäätelön hausta kirjoittamassa teille. Nämä nykyajan
mobiililaitteet mahdollistavat tämän päivityksen nopeuden. Lähden tästä
kävelemään kotia kohti, ennen kuin vaimoni räjähtää uudelleen. Tässä
yölenkkeilyssä on toki puolensa, ei ole niin tuhannen kuuma kuin päivällä.

Lauantai 20.6. Kello 12.00.

Hyvää Jussia! Tulin hetki sitten mökille. Ajattelin että ennen kuin alan kumoamaan kylmiä huurteisia, niin kirjoitan teille. Kannoin jo saunaan vedet, laitoin oluet kylmään ja onki vehkeet laitoin valmiiksi. Muistakaa ihmiset, ettei humalassa kalalle tai muutenkaan lähdetä soutamaan. Minä en ainakaan ole aikonut lisätä kuolema tilastoja tänä juhannuksena.

Mietin tuossa, että kuinka monella teistä lukijoista on ollut tapana tehdä juhannustaikoja? Näitä vanhoja taikojahan on mm. kerää seitsemän tai yhdeksän kukkaa tyynyn alle ja näet tulevan puolisosi sinä yönä tai katsot alasti kaivoon niin näet siellä tulevan puolisosi kasvot. Minussa ainakin herättäisi hilpeyttä nähdä naapurin leskirouvan tai peräkamarin poikamiehen kurkkivan alasti kaivoon. Jokainen kuitenkin taplaa tyylillään. Seitsemän vuotta sitten kierin alasti niityllä ja sain vain nokkosihottuman, kun olisi pitänyt naimaonnea saada. Kerran lähdin metsään virvatulia etsimään, niin eksyin. Siinä oltiin jännän äärellä, kun kaverit soittivat apujoukkoja minua etsimään.

Aurinko jo porottaa täydeltä taivaalta ja kalat hyppivät joessa minua odottaen. Minun täytynee lähteä tästä koneen äärestä ja toivottaa vielä kerran kaikille hyvää juhannusta!

Maanantai 8.7. Kello 22.45.

Juhannus on juhlittu tältä kesää ja muutama päivä on eletty jo heinäkuutakin. Jälleen on aika palata menneisyyteeni. Te tunnette kohta minut paremmin, kuin minä itse. Palaamme aikaan kun olin ammattikoulussa.

Vietimme kaverin Tatun kanssa iltaa. Katsoimme jääkiekkoa tv:stä. Muistaakseni se oli legendaarinen SM-liiga mestaruus ottelu. Kesken ottelun sain viestiä eräältä naiselta. Nainen asui ainakin kolmensadan kilometrin päässä. Hänellä kuulosti olevan tylsää ja tahtoi minut luokseen. Ajatus tuntui hullulta, sillä meillä ei ollut mitään juttua. Nainen kertoi myös, että hänen tyttökaverinsa on siellä. Tämä oli vihjaus siitä, että jos Tatu lähtisi mukaan, niin hänelläkin olisi seuraa. Kaverin kanssa punnittiin vaihtoehtoja ja totesimme, ettemme voi jättää neitoja pulaan. Näin jälkeenpäin ajateltuna se oli vain hullu päähänpisto.

Hyppäsimme autoon ja laitoimme radiosta jääkiekko ottelun kuulumaan. Ilta oli jo pitkällä ja tuli pimeää. Emme olleet ennen käyneet kyseisessä paikassa ja viisaina ajoimme pieniä sivuteitä navigaattorin opastuksella. Ei ollut kaukana eräässä mutkassa, että olisimme ajaneet metsään. Auto oli jo sivuluisussa, mutta sain hallittua sen. Matkalla Tatu alkoi syyllistää jo minua matkasta. Yhdessä me kyllä päätimme matkalle lähteä.

Saavuimme perille ja tytöt tulivat autoon. Tytöt ehdottivat, että he lähtisivät meidän mukaan. Olin ihan päästä sekaisin. Ajoimme pitkän matkaa ja tytöt halusivat, että lähdemme Tatun luo. Minulla ei ollut silloin asuntoa. Lähdimme takaisin, kohti Tatun asuntoa. Toinen tytöistä lämmitteli Tatua ja toinen hieroi hartioitani, kun ajoin autolla. Matka tuntui kuluvan, kuin siivillä. Pääsimme perille Tatun asunnolle. Näimme vielä jääkiekon loppu ratkaisun. Suosikki joukkueemme voitti. Samaisen aamun tunteina, myös minä ja Tatu saimme längin kautta maalit.

Torstai 17.7. Kello 19.59.

Ajattelin tässä, että aika mielenkiintoista tämä menneiden muistelu ja tilanne missä nykyään elän. Minusta tuntuu, että on sitä nuorena saanut liikkua ja mennä aika kovaankin tahtiin. Kaikki ne naisten jahtaamiset ja kännissä sekoilut mitä olen kokenut. Vertaa tuota aikaisemmin elettyä elämää tähän hetkeen. Ennen nain kaikkea mikä liikkuu ja pöljäilin minkä kerkesin. Tämän jälkeen ihmetyttää tämä kaikki mitä olen saanut haalittua itselleni, noinkin rankan nuoruuden jälkeen. Minulla on työ, talo, vaimo ja lapsi tulossa. Missä välissä elämäni sitten on kokenut sen taktisen käänteen? Missä vaiheessa elämää minä olen tajunnut, mitä todellisen elämän perustarpeisiin kuuluu? Jännää ajatella, kuinka sitä on heittänyt lähes kaiken entisen menemään ja aikuistunut. Jännittävää ajatella, kuinka sitä tulee elämä vielä muuttumaan lapsen tulon myötä. Sitä ihminen näyttävästi kasvaa ihmisenä. Varttuu ja muuttuu. Mitään entistä en toisaalta kadu. Monta asiaa olisin tehnyt toisin, mutta mistä niitä olisi tiennyt tehdä jos niitä ei olisi jotenkin kokenut? Tarkoitan sitä, että jos kokemusta olisi ollut jo silloin, monet sekoilut olisi jäänyt sekoilematta. Sekoilut ovat toisaalta kasvattaneet minua ihmisenä ja nyt olen tässä. Tässä istun ja kirjoitan elämästäni. Kerron sekoiluistani ja siitä, kuinka elämäni muuttuu päivä päivältä. Maailma on ihmeellinen.

Perjantai 18.7. Kello 15.00.

Huomasin eilisen tekstini jälkeen, että en ole kertonut teille minun ja vaimoni tarinaa. Täytyyhän näin romanttisen miehen teille sellaiset asiat kertoa. Muistatteko, kun kerroin Jamin traktorilla mökille tuomasta tytöstä? Se tarina oli alkua tälle.

Alkoi tulla jo syksy, kun treffailimme nykyisen vaimoni kanssa. Kävimme monenlaisissa paikoissa ja teimme monenlaisia juttuja. Kerran kun olimme ajelulla, vaimoni päähän heräsi ajatus siitä, että haluaisi miellyttää minua. Hän laittoi varovasti kätensä housuihini, taivutti itsensä eteeni ja alkoi imemään minua. Siinä oli haastetta pitää auto hallitusti tiellä. Tarpeeksi pitkään ajettuani, ajoin linja-autopysäkille ja heitin vaimoni konepellille ja lemmimme siinä kaikkien nähtävillä. Komea lommo siitä jäi konepeltiin.

Niin lupasin puhua siitä romantiikasta. Tämä tapahtui ennen, kuin olimme sormustaneet toisiamme. Olimme iltakävelyllä yhdessä. Kuu paistoi täydeltä taivaalta, tähdet säihkyivät ja revontulet leimusivat komeasti taivaalla. Menimme vaimoni kanssa mäkihyppytorniin kiikaroimaan tähtiä. Oli mukavan raikas pakkasilma. Vaimoni kietoutui minuun kiinni ja minä lämmitin häntä. Siinä sitten polvistuin hänen eteensä ja kosin häntä. Vaimoni liikuttui kyyneliin ja suostui kosintaani. Myöhemmin vietimme kesähäät kirkossa. Jatkoille ratsastimme hevosvaunuilla ja sieltä menimme luksus sviittiin yöksi.

Tiistai 31.7. Kello 21.00.

Kiusaa se on pienikin kiusa. Taktisin sodankävijä voittaa aina. Voisin luetella näitä loputtomiin, mutta mennään itse asiaan. Minulla on siis mökki. Mökki on, keskellä ei mitään. Mökki on kuitenkin vesistön äärellä. Määrittelen vielä mökin, mitä se tarkoittaa minun käsitykselläni. Minun mielestäni mökki on sellainen johon ei tule sähköjä, eikä juoksevaa vettä. Joku viisas taas väläyttää, että eihän vesi juokse. Toinen juttu on kun menen mökille, niin toivon saavani olla rauhassa. Joskus on poikkeuksia, että soitan kavereita juopottelemaan kanssani. Palataan jälleen asiaan. Minulla on siis mökki, keskellä ei mitään.

Kävipä kerran niin, että naapurin tontille tuli toinen mökki. Ei se oikeastaan tullut, vaan se rakennettiin siihen. Naapuri oli niin ystävällinen, että päätti ottaa kaikki lait omiin käsiinsä. Hän rakensi aitoja. Aidat sattuivat olemaan vielä minun tontillani. Hajotin ne kirveellä. Raivon partaalla pistin pieniksi palasiksi ja lämmitin mökin kamiinaa puun palasilla. Naapuri tästä innostuneena laittoi seuraavaksi piikkilangan rajalle. Sattumalta kävi niin, että piikkilanka meni rajaa pitkin. Aidat ja muut vastaavat pitäisi rakentaa omalle tontille ja tietty senttimäärä rajalta. Katkoin piikkilangat kulkureittien kohdalta. Naapuri hermostui ja kielsi kulkemisen näistä kohdista. Perustelin, että saan kulkea näistä paikoista jokamiehen oikeudella. Asia kun sattui olemaan niin. Naapuri keräsi piikkilangat pois ja oletin, että asia jäisi siihen. Ei jäänyt.

Naapuri veti seuraavaksi köyden, edelleen rajaa pitkin. Hän laittoi myös veneen poikittain rantaa menevälle tielle. Minä tästä innostuneena saksin köydet poikki ja hinasin veneen pois tieltä. Naapuri oli kettingillä laittanut sen puuhun kiinni. Hän sai olla onnellinen, etten kaatanut puuta ja laskenut venettä vesille.

Odotin naapurin seuraavaa siirtoa, kuin kuuta nousevaa. Kerran satuin käymään rannalla uimassa, kun vesi oli matalalla. Ihmettelin vedestä pilkottavaa lautaa ja menin lähemmäs katsomaan. Naapuri oli rakentanut aidan myös veteen. Ei vettä voi omistaa. Räjähdin täysin ja hajotin aidan. Huomasin rajalle ilmestyneen kylttejä, joissa kehotettiin välttämään polkujen käyttö ja kiertämään muualta. Revin kyltit maasta ja hajotin ne atomeiksi. Hakkasin kylttejä kiviin, huusin ja raivosin. Urheillessani huomasin oravan kurkkivan takapuolestani ja lähdin kävelemään huussia kohti. En kerennyt huussille asti, kun huomasin naapurin houkuttelevat portaat. Väänsin tortut naapurin mökin portaille. Ajattelin, että saapahan naapuri lämpimäisiä mökille palattuaan. Sen jälkeen naapuri luovutti. Olisin halunnut nähdä hänen ilmeensä, kun mökille palattuaan hän oli huomannut yllätyksen ovella. Naapuri ei enää rajoittanut kulkemista, eikä rakentanut aitoja. Hän on jopa jälkeenpäin tullut kysymään, että mitä puita hän saisi rajan läheisyydestä kaataa. Naapuri sopu on paras sopu. Alussa totesin, että taktisin sodankävijä voittaa aina. Väite pitää paikkaansa, kuten huomaatte. Täytyy myös hieman kehua, että kyllä suomalainen mies osaa olla viisas tarvittaessa.

Lauantai 3.8. Kello 06.05.

Kaamea darra.

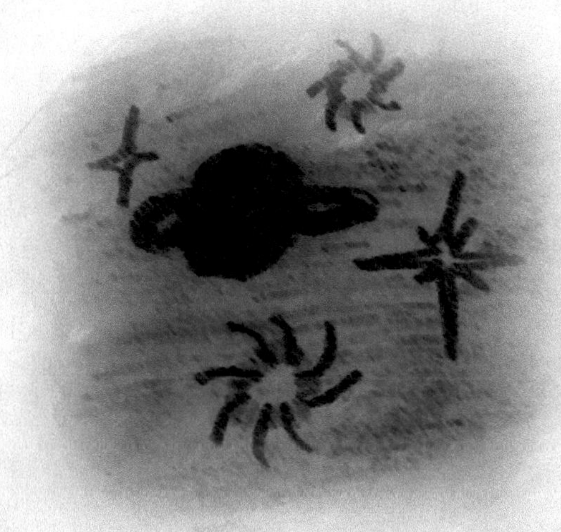

Perjantai 20.8. Kello 09.00.

TÄNÄÄN SE ALKAA, sorsan pyynti nimittäin! Tätä on kauan odotettu.
Ainakin vuosi. Nyt olen varustautunut kunnolla. Tänään saan enemmän
saalista, kuin koskaan. Kaverin Jyrkin kanssa hommattiin AK-47, viisi neljän
kaliiberin haulikkoa ja 12,7×99 mm tarkkuuskivääri. Kävimme myös
huutokaupasta huutamassa jahdin sekä monsteriauton. Kuulimme myös, että
meidän seuraamme oli liittynyt viisikymmentä uutta naisjäsentä. Minä ja Jyrki
saisimme esitellä toimintaamme heille.

Herätyskello soi. Kaikki oli ollut vain unta. Sorsanpyynti kyllä alkaa, mutta
kaikki muu oli vain unta. Kaikki tuntuikin liian hyvälle ollakseen totta.
Täytyy alkaa valmistautumaan pyyntiä varten. Rinkka selkään, joka on
täytetty makkaralla ja panoksilla. Auton konttiin on varattu juomat illaksi.
Jyrki toi Tallinnan reissulta hyvän satsin juominkeja. Saa nähdä millainen
seikkailu meitä jälleen odottaa.

Torstai 5.9. Kello 20.39.

Metsästys on vienyt suurimman osan ajasta, etten ole joutanut tänne kirjoittamaan. Olen jälleen monta elämystä ja kokemusta rikkaampi. Ennen kuin kerkeätte kysymään, vastaan kyllä, olen saanut paljon lintuja.

Haluan kertoa teille jälleen tarinan menneistä. Metsässä ollessani tuli mieleen yksi tarina joka tapahtui vanhan metsästyskaverini Maken kanssa. Se oli eräs juhannus. Menin aamulla kaverini luokse. Olin varannut mukaani mäyräkoiran kaljaa ja pullon mietoa. Niitä siinä aamupäivän ratoksi tissuttelin ja Make tissutteli omiaan. Juomat alkoivat olla finaalissa, niin Make ovela kettu kun on, haki kellarista pari pulloa tiukkaa virolaista. Niitä sitten alettiin siinä kaksin käsin tempomaan. Aloin olemaan jo niin humalassa, että minusta ei olisi enää ollut mihinkään. Make kaivoi puhelinta taskusta ja soitti meille taksin. Sanoin hänelle etten voi lähteä enää mihinkään. Kyyti tuli ja Make kantoi minut autoon. Autossa hän vielä varmisteli olotilaani ja juotiin toinen tiukka pullo pois.

Pääsimme kaverini määrittelemään kohteeseen, toisen kaverin Tarmon luokse. Kovalla vaivalla pääsin sisälle ja minulle heitettiin tuoppi nenäni eteen ja pyydettiin juomaan. Sammuin sohvalle. Makkarat olivat jääneet tältä juhannukselta grillaamatta, mutta juomaa oli otettu enemmän kuin koskaan. Siinä pari tuntia torkahdin ja kun heräsin, huomasin, että muut olivat jo myös humaltuneet. Siinä ne nuokkuivat ja höpöttivät. Minä olin pirteä kuin peipponen ja aloin ottamaan jälleen olutta. Pari tuntia siinä sitten temmoin ja uusi nousu oli taattu.

Tarmo sattui kuin sattuikin asumaan lähellä paikallista baaria. Lähdimme illan myötä vielä baariin. Baarissa Make lupasi tarjota minulle koko illan, mitä ikinä vain halusinkin. Hän luuli pääsevänsä halvalla. Nakkasin pari tiukkaa alkuun ja sitten se alkoi. Make tilasi tuopin kun istuimme pöydässä. Muistan enää sen kun heräsin ja nakkasin ykkösellä tuopin naamaan ja hetken päästä nenäni edessä oli aina täysi tuoppi. Yhdessä välissä portsari kävi tönimässä minua ja sanoi että minun olisi viisainta herätä tai lähteä kotiin nukkumaan. Menimme Maken kanssa pihalle ja rupattelimme parin naisen kanssa. Make ehdotti, että hän tilaisi taksin ja lähdettäisiin jatkoille. Minä pinkaisin pää kolmantena jalkana karkuun. Edes paras maratoonari ei olisi minua saanut kiinni. Hetkellisesti selvisin kuin taikaiskusta. Pääsin lähimetsän laitaan ja pysähdyin hengähtämään. Kotiini olisi noin viisi kilometriä. Päätin oikaista metsän läpi, sillä siitä tulisi kilometrin lyhyempi matka. Kompastuin kantoon ja sammuin siihen kuin saunalyhty.

Aamuyöllä heräsin kun vettä alkoi satamaan. Lähdin kävelemään tietä kohti. Olin hukannut kenkäni. Olin aivan märkä, humalassa ja todella väsynyt. Pääsin vihdoin tielle. Olin taittanut kilometrin matkan, enkä muistanut siitä mitään. Olin tullut lähihuoltamon pihaan. Huoltamo oli kiinni. Kaivoin avaimia taskustani ja humalaisen silmissä näin oman autoni siinä pihalla. Talon avaimella yritin päästä autooni nukkumaan. Myöhemmin tajusin, että ei se ollut minun auto ja ettei autoon pääse talon avaimilla. Jatkoin matkaani kävellen. Tie oli pitkä ja vielä oli kilometri matkaa jäljellä. Huomasin puhelimeni ja tajusin, että voisin soittaa kyydin itselleni. Kello oli neljän pintaa aamuyöllä. Painoin luuria ja huomasin kaverini äidin vastaavan unenpöpperöisenä. Kerroin tilanteen ja hän oli kauhuissaan. Hän sanoi kuitenkin, että ei aio tulla viidenkymmenen kilometrin päästä minua kuskaamaan. Hän aikoi soittaa minulle puolen tunnin päästä ja kysyä, että olisinko jo perillä. Pääsin vihdoin kotiini nukkumaan.

Aamulla oli toisenlainen show tiedossa, sillä huomasin autoni olevan Maken luona. Hän asui sadan kilometrin päässä. Sellainen oli se juhannus silloin. Ottakaa opiksi. Jälkeenpäin selvitimme Maken kanssa asiaa ja olin vuorokauden aikana juonut lähemmäs kymmenen litraa alkoholipitoisia juomia.

Maanantai 10.10. Kello 18.00.

En ole tainnut vielä muistaa kertoakkaan teille, että olen ollut myös extreme-temppuilija. Kuvasimme kavereiden kanssa villejä videoita, joissa teimme jotain aivan päätöntä. Yhdellä videolla sytytin itseni palamaan bensalla. Tätä olen jälkeenpäin ajatellut ja miettinyt mitä olisi voinut sattua. Kerran puhalsin myös bensaa liekkeihin. Enhän minä fiksuna nuorukaisena tajunnut, etteivät ammattilaiset käytä bensaa siihen tarkoitukseen.

Yhdellä videolla Jami ajoi mopolla mahani yli ja hieman suditti mahan päällä. Tarkoituksena olisi ollut alun perin tehdä temppu autolla tai moottoripyörällä, vaan Jami jänisti siitä. Eräälle videolle tallentui, kun ammuimme raketeilla toisiamme. Hirnuimme videolla kuin aasit ilman aivoja ja välillä kiljahtelimme kuin pikkutytöt osuessamme toisiimme raketeilla. Jokivarressa meillä oli tapana hyppiä pellehyppyjä puusta jokeen ja Jami on jopa hinannut minua moottoriveneellä perässään. Yhden moponkin Jami sai rikottua, kun yritti tehdä keulimisen ennätyksen ja keulikin takaperin voltin kautta päälleen.

Eräänä pakkasen raikkaana aamuna sidoimme Karin kanssa pulkan auton perään ja vedimme sitä pitkin kyliä, toinen vuoron perään kuskina ja toinen pulkassa. Kerran naapurin hapan isäntä soitti poliisit meidän peräämme. Pulkassa oli erittäin jännittävää olla, kun näki poliisiauton takana.

Minulla sattui olemaan puukko taskussa, jolla katkaisin köyden ja juoksin metsään karkuun. Poliisit jahtasivat Karia, joka ajoi autolla. Kari oli sen verran rattimiehiä, että karisti poliisit useamman kilometrin jälkeen metsätiellä.

Yksi jännittävimmistä lajeista oli myös pesäpallo, jossa pallo korvattiin kivellä ja toinen joutui sitä kiveä väistämään. Onneksemme kivi ei osunut päähän tai vaurioittanut mitään muuta tärkeää. Kaikista jutuista järkevin oli potkia vuoron perään toista kiveksille. Sain aloittaa ja potkaisinkin niin lujaa, ettei kaveri pystynyt potkaisemaan enää takaisin. Tässä taisi olla vain murto-osa niistä mitä olemme tehneet ja mitä muistaisin. Kultaisia ovat olleet nuoruusvuodet. Ilollahan näitä muistelee.

Perjantai 31.10. Kello 22.05.

Tänään säikähdin toden teolla. Olin juuri ottanut kauneusunet. Lämmitin
saunaa ja otin kymmenisen kylmää olutta aikani ratoksi. Yhtäkkiä ovikello
soi. Katsoin verhon takaa, että ketä siellä rauhaani häiritsee. Laskin alleni,
kun näin oven takana kuoleman ja zombin seisomassa. Olinko oikeasti
sekoamassa, tekiköhän alkoholi jo tepposet aivoilleni vai onko kävelyni
kävelty tällä maankamaralla. Otin itseäni niskasta kiinni ja ajattelin, että
kohdattava tämä on. En odottanut tämän päivän olevan vielä, mutta eihän
aikuinen mies kuolemaa luulisi pelkäävän.

Avasin oven ja alikasvuinen kuolema ja zombi ojensivat käsiään. Mietin että
miten tämä tapahtuu, onko se kivuliasta? Yhtäkkiä molemmat avasivat
suunsa ja lausuivat kuorossa "karkki vai kepponen?". Sydämeni muljahti
paikaltaan. Pääni sisällä kiehui, mutta sain pidettyä itseni kurissa. Pyysin
lapsia odottamaan ja laitoin oven hetkeksi kiinni. Karkkivarastoni olivat
päässeet ehtymään, mutta energiajuomaa minulla sen sijaan riitti. Liimasin
vanhojen lasten limukkapullojen etiketit energiajuomatölkkeihin ja heitin
lapsien koreihin. Lapset marssivat tyytyväisinä seuraavaan taloon.

Siinä sitten hetken ajattelin ja selvittelin päätäni. Mieleeni tuli hurja ajatus isoisänisän vanhasta sotapuvusta ja kypärästä, josta luoti oli mennyt lävitse ja lävistänyt pään. Kävin sovittamassa vaatteita ja laitoin hieman vaimoni meikkiä kasvoilleni. Otin halkokorin ja lähdin pienissä kaljapöhnissäni kiertelemään naapurustoa. Olen vahvasti sitä mieltä, että Halloween on yksi turhimmista hömppäpäivistä mitä on olemassa.

Lauantai 1.11. Kello 13.12.

Tänään olen ihmetellyt tuota vaimoni mahaa. Maha on ihan järjettömän kokoinen. Näyttää siltä, kuin hän olisi syönyt koripallon. Välillä mahassa näkyy pieni jalka. Näyttää aivan sille, kuin hän räjähtäisi ihan juuri. Eteisen käytäväkin on käynyt jo pieneksi meille kahdelle. Samassa sängyssä nukkuminen on yhtä taistojen tannerta pitkin yötä. Vaimoni yleensä voittaa, hänellä kun on tullut noita kaasuvuotoja aika runsaanlaisesti. Yllättävä raskauden tuoma käänne on ollut se, että vaimoni halut ovat kasvaneet kovasti. Monena iltana hän on ollut ovella vastassa mirri mouruten. Kolmasosalla kerroista nuo aikaisemmin mainitsemani kaasuvuodot ovat hieman rajoittaneet omia halujani.

Tiistai 4.11. Kello 19.20.

Viimeksi kerroinkin teille hurjista tempuista ja Halloweenista. Tänään olen pohdiskellut maailmaa. Olen pohtinut tätä pientä pyöreää palloa, keskellä tätä kaikkeutta. Olen pohtinut sitä, että millaisia ihmisiä tälle pienelle pyöreälle pallolle mahtuukaan. Täällä asuu erivärisiä, eri kulttuurin omaavia, eri uskontokuntiin kuuluvia, poliittisia ja vähemmän poliittisia ihmisiä. Maapallolla on myös eri luontoisia ihmisiä.

Vähäisimpänä ryhmänä maapallolta löytyy vielä lottovoittajat. Tämä ihmeellinen pieni ryhmä, joita kukaan ei tunne, tai tiedä keitä he ovat. Kaikkia muuta maapallolla on pystytty tutkimaan, mutta ei lottovoittajien ihmeellistä maailmaa. Ensin ihmiset täyttävät pienen elämänsä ajan satoja kuponkeja, laittavat tuhansia euroja lappuihin. Lapun saatuaan he odottavat ihmeen tapahtumista. Pyörähtääkö juuri oikea numero juuri hänen kohdalleen vai sattuuko se naapurille. Voiton satuttuaan kohdalle irtisanotaan työpaikka ja painutaan maan alle piiloon. Muut ihmiset ihmettelivät, että kuka pääpotin voitti. Naapurin vanha pappa ihmettelee, että minne se naapurin nuori mies tai nainen on kadonnut. Vanhan papan naapurin talo laitetaan myyntiin ja lehdissä silti ihmetellään, että kuka tämän miljoona potin onkaan saanut. Kateelliset ihmiset juoruavat kylillä ja heittävät omia epäilyjään ilmoille. Naapurimaan lehdessä sattumoisin kerrotaan, kuinka joku hullu suomalainen on juonut rahansa ja tarjonnut juomia kokonaiselle kylälle.

Pahimmassa tapauksessa talon isäntä on päättänyt polttaa omaisuutensa ja hakeutunut tämän jälkeen hoitoon tai joutunut linnaan. Suuret rahasummat tekevät joskus ihmeitä ihmismielelle.

Oikeastaan lottovoittajatkin voidaan jakaa eri kasteihin. Voittajista löytyy talon polttajia, viinaan haksahtaneet, ulkomaille karanneet, eronneet ja sitten vähemmistönä sijoittajat ja normaalia elämää jatkavat. Tämä viimeinen ryhmä onkin eriskummallinen kombinaatio. Heillä on paljon rahaa, mutta he jatkavat töitä ja asuvat neljänkymmenen neliön yksiössä suurperheensä kanssa. Kaikkea ei voi aina ymmärtää, eikä tarvitsekaan.

Maanantai 17.11. Kello 07.59.

Viime yönä minusta tuli onnellinen, pienen tytön isä. Oli sanoinkuvaamaton
tunne, kun kätilö laski tyttäreni käsiini. Itkin pitkän aikaa ja yritin tajuta
tilannetta. Välillä halasin vaimoani ja katsoin, kuinka hellästi hän piti pientä
vauvaa sylissään. Sain katkaista napanuoran, pestä ja pukea pikkuisen. Olen
niin onnesta soikeana. Nyt tajuan sen, mitä olen odottanut yhdeksän
kokonaista kuukautta.

Lähtö tapahtui nopeasti, kun vaimoni saunan jälkeen kertoi kovista
supistuksista. Olimme varautuneet ja pakanneet auton valmiiksi, sillä
sairaalaan oli sadanviidenkymmenenkahden kilometrin matka. Lapsivesi
valui ulos, ennen kuin kerkesimme autoon. Lähdin ajamaan reipasta vauhtia
kohti sairaalaa. Vaimoni oli puolittain makaavassa asennossa vänkärin
paikalla. Supistukset kovenivat, mitä lähempänä sairaalaa olimme.
Ajatuksissani pyöri, että kerkeäisimmekö perille ennen synnytyksen alkua.
Pääsimme sairaalaan ja juoksin sisälle kertomaan tilannetta. Sairaanhoitaja
tuli pyörätuolin kanssa ja nostimme vaimoni pyörätuoliin. Menimme
suoraan osastolle ja lääkäri tuli antamaan epiduraalipuudutuksen.
Epiduraalipuudutuksen jälkeen ei mennyt, kuin tunti ja itse synnytys alkoi.
Synnytys kesti kokonaisen tunnin.

Nyt istun ja ihmettelen, kuinka onnellinen mies voikaan olla. Pitkän matkan
olemme yhdessä kulkeneet ja nyt olemme saattaneet pienen ihmeen
maailmaan.

Maanantai 1.12. Kello 18.00.

Tänään koitti viimein se päivä, kun sai avata ensimmäisen luukun joulukalenterista. Mieleeni muistui lapsuuden riemu ja nauru, joka piirtyi syvälle kovalevyn sopukoihin. Se tunne, kun sait sen suklaapalasen suuhusi, kuinka se sulikaan sinne. Vanhemmat avasivat kuvakalenterin ensimmäisen luukun ja sanoivat, että suklaakalenteri on vain lapsille. Joskus jokin ääni pään sisällä käski syömään kaikki suklaat kerralla. Yhteen väliin sama päti kaljasalkun kanssa. Kaikki pitää juoda kerralla, kun yksi ei riittänyt. Voisi todeta, että jokainen ihminen on lapsesta asti jonkin sortin holisti.

Kerronpa teille jouluisen tarinan, näin joulukuun ensimmäisenä päivänä. Oli talvinen joulukuun päivä. Kaverukset Mela ja Jorma miettivät tylsistyneinä, että mitä he tekisivät. Mela sitten hetken tuumittuaan ehdotti Jormalle, että lähdetään käymään kavereiden luona kahden sadan kilometrin päässä. Siinä sitten Mela soitti kaverillensa ja tämä sanoi, että he ovat porukalla aloitelleet illanviettoa. He olivat tervetulleita mukaan. Mela ja Jorma starttasivat auton ja lähtivät ajamaan kahtasataa kohti määränpäätä. Jorma aloitti oluen maistelun jo autossa. Mela kävi ostamassa oluet valmiiksi. Kesken ajon puhelin soi. Kaveri soitti, että ovat saunomassa ja kohta soittavat taksin baariin. Melalle iski hätä, vaikka matkaa ei ollut enää kuin kaksikymmentä kilometriä. Mela ja Jorma ryntäsivät kaverin luokse sisälle.

Yksi miehistä kertoi soittaneen juuri taksin baariin. Mela alkoi juomaan kaksin käsin salkkua tyhjemmäksi. Nopea kun Mela oli, hän kerkesi juoda kahdeksantoista olutta ennen baariin menoa. Melan nupissa alkoi tuntua kiitettävän humalaiselle.

Baarissa koko porukka katseli meininkiä. Eräs homomies yritti lyöttäytyä seuraan ja iskeä väkisin Melaa. Mela teki hyvin selväksi, että ei lämpene samalle sukupuolelle. Jorma iski silmänsä kahteen punahuulisorsaan. Hän meni juttelemaan heille ja tarjosi drinkit. Molemmat alkoivat lämmetä Jormasta ja he jopa hieman tappelivat hänen huomiosta. Yksi kavereista tuli paikalle ja aneli koiranpentuilme kasvoillaan. Jorma vinkkasi toiselle naiselle, että kaveri kaipaisi myös seuraa. Kaveri veti tyylikkäästi, niin kuin vaari mummoa, siis jutteli ja näytti parhaat puolensa. Nainen jonka kanssa Jorma vietti aikaa, kiehnäsi ruusunnuppuaan Jormaa vasten tanssilattialla. Yhtäkkiä Jorma sai muista kavereista kilpailijoita. He vaanivat tilaisuuttaan, kuin nälkäiset korpit kaarrellen pään yläpuolella. Myös Jorman kaveri oli saanut kilpailijoita. Tuntui kuin baarin kaikki naiset olisivat kadonneet ja kiimaisia miehiä oli vain jäljellä. Miehet katselivat silmät tarkkoina, niin tarkkoina että katseella olisi voinut leikata lasia. Naiset juttelivat hetken keskenään ja ehdottivat kilpailua. He ehdottivat, että kuka juoksee ensimmäisenä kaverin kämpälle saa jouluisen yllätyksen. Jouluisella yllätyksellä he tarkoittivat mirriä, joka olisi koristeltu kauniilla rusetilla ja sen yläpuolella roikkuisi mistelin oksa. Porukka lähti armottomaan juoksukilpailuun. He juoksivat kuin gaselli lauma, gepardia pakoon. He ärjyivät kuin leijonat toisillemme ja sylkivät kuin kamelit toistensa päälle. Yksi kaveruksista oli niin urheiluhullu, että kykeni kahden promillen humalassakin juoksemaan ennätysaikoja. Hän juoksi ensimmäisenä kämpälle ja sai kaksi joulupakettia. Hävinneet olivat korviaan myöten pettyneitä.

Mela meni parvekkeelle polttamaan tupakkaa ja juomaan kaljaa. Mela huomasi kaverin sessioiden päättyneen ja naisten kävelevän kohti parveketta. Hän esitti sammunutta, että olisi voinut säikäyttää naiset. Ennen kuin Mela kerkesi säikyttämään naisia, hän kuuli kuinka he juttelivat. Toinen kertoi toiselle, että ovatpa nämä miehet tyhmiä kun haluavat naista jolla on sukupuolitauti. Mela nousi ylös ja huusi naisille pää punaisena. Mela heitti naiset pihalle ja kertoi kaverille, että hänen on syytä käydä sukupuolitauti seulassa. Yksi kavereista oli saanut varkain kuljetettua yhden naisen asunnolle. Naisen polttava katse kuumensi Melaa. Hän kiinnostui Melasta, kun hän oli heittänyt kaksi naista ulos asunnosta. Hän piti Melaa, kuin alfauroksena. Kaveri oli kuulemma sammunut ennen heidän ilonpitoaan. Mela korjasi asian ja sai kuin saikin, hienon joululahjan ennakkoon.

Keskiviikko 3.12. Kello 14.00.

Tänään kävin varaamassa ajan ristiäisille. Ensi vuoden alkuun meni, että sain
seuraavan ajan. Herätin kovasti hilpeyttä ihmisissä, kun lampsin
seurakuntatalon ovesta sisään ja kysyin kovaan ääneen, että täältäkö se
nimenanto aika saadaan. Sieltä tädit hieman huvittuneina ohjasivat minut
oikeaan paikkaan, oikean ihmisen puheille. Enhän minä voi tietää tällaisia
asioita, kun ei minulla aikaisemmin lasta ole. Ei kukaan ole ainakaan koskaan
ilmoittanut, että minulla olisi lapsi.

Torstai 4.12. Kello 21.56.

Tänään pohdin hyvin jännää asiaa. Mielestäni asia oli jännääkin jännempi. Mietin, että kuinka tasa-arvon laita on nykypäivänä oikeasti. Tarkoitan sillä sitä, että naiset ovat vaalineet tasa-arvoa ja onnistuneet saamaan sitä. Mielestäni tämä asia on ajettu yli. Minusta tuntuu, ettei oikeasti kukaan naimisissa oleva mies kykene päättämään mitään asiaa ilman vaimoa. Toista tämän asian kanssa oli ennen. Ennen mies päätti jotakin ja näin tehtiin. Ennen mentiin sillä nyrkin ja hellan välissä periaatteella. Nykyään mies päättää jotakin, hän kysyy vaimolta ja vaimo kieltää niin ei tehdä mitään. Pahimmassa tapauksessa vaimo uhkaa avioerolla ja talosta häätämisellä. Mielestäni tämä asia on kääntynyt täysin päälaelleen, vai onko kyseessä eräänlainen kostonhimo? Nykyajan naiset kostavat kaiken nykyajan miehille, mitä entisajan miehet tekivät entisajan naisille. Omalla tavallaan tämä kuulostaa täysin järjettömälle, mutta toisaalta taas helvetin järkevälle. En tiedä päteekö sama asia sinkkujen suhteen, mutta epäilen, että pätee. Olen ollut niin pitkään vaimoni kanssa, että en edes muista miltä tuntuu olla sinkku.

Nykypäivän vaatimuksineen tällainen luuseri tuskin pärjäisi muiden sinkkujen kanssa. Tai sitten olisin kuuminta hottia, sillä en ole samanlainen, kuin muut pullamössö miehet. Minä olen kasvanut miehenä todella paljon, kun olen ollut vaimoni kanssa. Monta kertaa minä olen lähtenyt ulos kävelemään riidan päätteeksi. Monta kertaa minä olen joutunut myöntämään olevani väärässä, vaikken olisi ollutkaan.

Täytyy sanoa joskus tuntuneen, että tässä on jo hieman simputuksenkin makua. Pitäisikö miehillä nousta vastarintaan? Pitäisikö miehillä vaalia itselleen tasa-arvoa? Olkaamme miehiä ja heittäkäämme siivous- ja kokkaus essut nurkkaan, jonka jälkeen lähtekäämme vastarintaan. Odottakaa kuitenkin sen verran, että saan leipomani pullat uunista ensin.

Tiistai 9.12. Kello 18.53.

Joskus olen ajatellut, että miltä tuntuisi kirjoittaa blogia ruokaresepteistä. Tässä on teille esimakuna yksi resepti.

Aurinkoinen kanapata

300-400g   kanan fileesuikaleita mandariinimarinadissa.

1pss   valkosipulikermaperunoita.

1   tölkki ananasmurskaa tai kuutioita.

1   tölkki mandariineja.

2dl   makukermaa (esim. juusto).

Laita uuni lämpenemään 200C.

Voitele vuoka.

Paista fileesuikaleet ja mausta tarvittaessa makusi mukaan. Homejuuston ystäville suosittelen lisäämään homejuuston palasia sekaan. Älä paista pitkään, sillä kanat kypsyvät vielä uunissakin.

Lisää ananas, mandariini ja kerma paiston loppuvaiheessa.

Kaada valkosipulikermaperunat vuokaan.

Lisää fileesuikaleet valkosipulikermaperunoiden päälle ja sekoita hieman.

Laita vuoka uuniin. Uunin tehosta riippuen ruoka on valmista n. 30-60min kuluttua.

Anna hetki jäähtyä ja nauti. Huomaat kuinka raikas maku saa kasvosi hehkumaan auringon lailla!

Torstai 18.12. Kello 23.50.

Viime kerralla herkuteltiinkin maukkain ruokareseptein. Mennään asiasta kolmanteen. Asia mikä on totta, on se, että joulu on jo ovella.

Tämän päiväinen näky riipi silmät melkein päästäni. Näin kadulla ryhmän ihmisiä, jotka viettivät pikkujouluja. Ryhmään kuului kaksi naista ja viisi miestä. Yhdellä naisista oli tekoturkis ja irtoripset. Hänellä näytti olevan myös ulkomailla teetetyt lisäpuskurit. Siinä kävelin ryhmän perässä mitään ajattelematta, kun silmäni pysähtyivät naisen takamukseen. Hänen housuissaan oli nimittäin märkä läikkä ja vaon kohdalla vilkkui tatuointi. Siis rekkamiehen vaon kohdalle häneen oli tatuoitu tonttu. Housut laskivat ja nousivat kävelyn tahtiin. Samaan aikaan kun housut laskivat, tonttu kurkkasi vyötäisiltä. Oli siinä pokassa pitelemistä.

Kävelin eteenpäin ja ajattelin tatuointeja. Naisen tontusta sain inspiraation ja ajattelin teetättää joulun kunniaksi "mega money game" – tatuoinnin alaselkääni. Aina kun istun baarissa, joku humalainen erehtyy työntämään kolikon ahteriini ja luulee pelaavansa uutta kolikkopeliä.

Ajatukseni katkesi, kun huomasin joulupukin ajavan vanhalla ruosteisella kotterolla. Hänellä ei ollut kuin verkkopaita ja reikäiset ruskean keltaiset kalsarit jalassa. Silmäni olivatkin nähneet tänään joulua kerrakseen.

Maanantai 22.12. Kello 04.00.

Vauva herätti. Nämä yölliset itku ja raivari kohtaukset ovat kyllä jotakin hunajaa korville. Vaimo itkeä tuhertaa vauvan kanssa, kun on nämä tuhannen hormonit. Luulin päässeeni näistä hormoneista eroon, kun lapsi syntyi vaan tulikin uudet hormonit. Miksei minulle ole valaistu tällaisista hormoneista, jotka tulla tupsahtavat milloin sattuu?

Jotain positiivistakin tästä asiasta voi repäistä. Sain otettua isyysvapaat jouluksi ja siihen päälle vielä muutaman pitämättömän lomapäivän. Ajattelin pitää sen päälle vielä pari pitämätöntä sairaslomapäivää. Sairaslomapäiviäkin tuuppaa jäämään rästiin, kun ei tahdo joutaa sairastelemaan. Kovin kiireistä on tämä aviomiehen, lapsen isän, töiden tukipilarin, naapurin viihdyttäjän ja pellen, sekä monen muun yhdistelmän elämä. Nämä ovat näitä elämän erotiikan kukkasia, ilman sitä erotiikkaa. Nykyään varsinkin tuntuu, että sitä erotiikkaa ei paljon jaella. Mitähän minäkin höpötän, tiedäpä nyt siitäkin sitten. Kellon aika ja nukkumattomuus tekevät ihmeitä ihmiselle.

Nyt vaimo huutelee, että pitää mennä vaippaa vaihtamaan. En ole ihan varma, että kummalle. Tämä asia selviää, kun menen katsomaan. Toivon vain sydämestäni, ettei vaimolla lopu huumori kesken. Toivon hyviä yön jatkoja teille kaikille.

Tiistai 23.12. Kello 22.45.

Tänään on päivä ennen joulua. Kyllä se on käsin kosketeltavissa tämä kiire ja sanoisinko, että kaupallisuus. Nautin joulusta, mutta en sen kaupallisesta puolesta. Minusta on mukavaa syödä, saunoa ja jakaa muutama pieni lahja läheisten kanssa. Hienointa on katsoa lapsen iloa ja riemua, minkä joulu tuo tullessaan. Joululaulutkin ovat ihan hyviä ja mahtuvatpa sinne muutamat todella hyvätkin laulut. Kaupallisuudella tarkoitan sitä, että joka paikassa mainostetaan, kuinka jouluna pitää ostaa ja kuluttaa. Ihmiset taistelevat kaupassa viimeisistä leluista ja vaatteista. Hirveä stressi päällä ja kaikki kaupat on tyhjennetty ruuasta. Ruuat laitetaan ja lopulta ne jäävät mätänemään jääkaappiin, kun aletaan dieetille. Tämän kaiken voisi tehdä paljon vähemmälläkin stressillä ja järkeäkin voisi käyttää. Ajatelkaa niitä kodittomia ja köyhiä, joita löytyy ulkomaiden lisäksi myös Suomesta.

Mielelläni muistaisin omaa perhettäni ruualla ja pienin lahjoin, mutta muistaisin mielelläni myös näitä vähempi osaisia. Voisin kuvitella köyhän lapsen ilmeen, kun hän saa pienen leipäpalasen kinkulla ja esimerkiksi hyrrän pienessä paketissa. Voisin kuvitella kuinka se lämmittää omaa sydäntä. Olisi paljon mukavampi antaa olipa se sitten veljen, siskon tai omalle lapselle hieno lahja. Ei liian montaa, ettei lahja menettäisi merkitystään.

Vanhemmille ihmisille riittäisi varmasti kalenteri lapsenlapsistaan ja jokin hemmottelupaketti. Ilo se on pienikin ilo ja sanotaanko, että tärkeintä on se muistaminen. Ei unohdeta ihmisiä, annetaan lämpöä ja huomiota. Ollaan toistemme kanssa. Sosiaalinen media vie nykypäivänä myös liikaa aikaa oikealta yhdessä ololta.

Tänä yönä laitan kinkun uuniin. Olen suolannut kinkun itse ja aion kuorruttaa sen kauniisti sinapilla. Voin kuvitella kuinka mehevää siitä tulee. Paistetaan tunti per kilo ja ehkä vielä tunti siihen päälle. Lämmitän tänään saunan ja lämmitän varmasti huomennakin. Tänään ajattelin hemmotella itseäni jalkakylvyllä ja teen alkoholittoman drinkin itselleni. Drinkkiin laitetaan pohjan peitteeksi hapotettua sitruunavettä, siihen hedelmäistä täysmehua ja lopuksi jäädytetyt mangokuutiot jääpaloja korvaamaan. On muuten todella hyvää, täytyy sanoa. Lopuksi laitan vielä yhden halon uuniin, että tonttukin saa käydä kylpemässä. Jätän tontulle tervan tuoksuisen löylyveden valmiiksi. Katselen illan päälle elokuvaa sängyssä rakkaani vieressä ja aamulla lähdemme käymään sukulaisissa. Illalla sitten ehkä käymme viemässä hautuumaalle kynttilöitä. Myöhemmin rauhoitumme kotona, laulamme muutaman joululaulun, jaamme lahjat ja nautimme toisistamme. Näistä aineksista on hyvä joulu tehty.

Keskiviikko 24.12. Kello 07.00.

Toivotan oikein hyvää Joulua teille kaikille!

Maanantai 29.12. Kello 20.00.

Joulu on vietetty ja läskiäkin tuli vain 6kg lisää. Saanpahan aloittaa urheilun oikein urakalla, että olen rantakunnossa ensi kesänä. Olin ollut niin kilttinä, että joulupukkikin muisti minua. Tänä jouluna en saanut hiiliä ja risuja, kuten viime jouluna. Sain upouuden neulepaidan jossa luki "Best Daddy", sukat, kalsarit, kännykän, suihkusaippua lahjapaketin ja pullon laadukasta viskiä. Viskin nautiskelen sitten kylminä talvi-iltoina, kun lämmitän takkaleivinuunia.

Ylihuomenna koittaisi se ilta, kun otetaan uuttavuotta vastaan. Varasin vaimolleni ja itselleni mökin yhden laskettelukeskuksen tuntumasta. Kaveripariskunta aikoi tulla viereiselle mökille. Vanhempani varasivat myös yhden mökeistä, että pikkuinenkin pääsee mukaan rientoihin. Päivällä vietämme laatuaikaa kera pikkuisen ja illalla lapsen isovanhemmat hoitavat, että vanhemmat saavat saunoa rauhassa. Sitähän ei tiedä vaikka vaimokin lämpenisi illan päätteeksi. Tietenkin olen jo varannut uudenvuoden tinat ja hirveät lastit juomisia. Eipähän tule ainakaan kuiva ilta. Saamme kaverin kanssa tissutella muutaman napakan ja puhua vaikka autoista, kun naiset keskustelevat kynttilöistä ja alusvaatteista.

Tänään lähden ostamaan raketteja. Suosikkejani ovat padat. Iloa riittää
pidemmäksi aikaa, kuin raketeista. Toisaalta olen ajatellut, että sama olisi
sytyttää seteli palamaan ja ihastella sen tuhoutumista tuhkaksi. Ajattelin ottaa
myös mukaan muutaman lautapelin, jos aika käy pitkäksi. Muuten
pelaisimme kaljapingistä, muttei meidän naiset taida sitä oikein hyväksyä.
Sinkkumiesten huvituksia, naiset sanovat.

Lähden tästä pakkaamaan autoa reissua varten. Sen jälkeen lähdenkin
ostamaan raketteja. Oikeita pommeja!

Keskiviikko 31.12. Kello 18.30.

Tänään juhlistamme kahta asiaa. Itse asiassa juhlistamme kolmea asiaa. Sitä, että on uusivuosi ja sitä, että huomenna tulee täysi vuosi siitä kun aloitin blogin kirjoittamisen. Pikkuisen syntymä on tuonut myös suurta juhlan aihetta tähänkin vuoteen. Toivon todella, ettei tämä vuosi ole ollut liian kuiva luettavaksi. Ne joiden mielestä vuoden tapahtumat ovat olleet kuivaa luettavaa, ostan heille liukuvoidetta. Tehkööt sillä sitten mitä tykkäävät.

Vielä en tiedä mitä uudenvuoden lupauksia teen, mutta katsotaanpa sitä myöhemmin. Tai sanoisinko, että ehkä katsotaan. Se riippuu täysin, teistä lukijoista. En kehtaa kirjoitella tänne runoja, joita ihmiset eivät lue. Annan teille vielä lopuksi tehtävän tälle vuodelle. Tarkkaavaisimmat osaavat vastata siihen samalta seisomalta. Kuinka montaa eri muotoa käytin sanasta kalja? Monta kertaa kalja tuli ilmi blogeissani? Siinä on teille laskemista. En tiedä asiaa itsekkään, enkä kertoisi vaikka tietäisinkin. Toivotan kaljan huuruisista tunnelmista täältä mökiltä, hyvää uutta vuotta kaikille!

Torstai 1.1. Klo 01.00.

Psst. Siitä miettimästäni uudenvuoden lupauksesta, lupaan ottaa vähemmän alkoholia ensi vuonna ja lupaan olla lapselleni maailman paras iskä hänelle! Vaimo odottaa jo kuumana sängyssä. Sanoisinko tähän, että "tämä se on sitä elämää hallitussa sivuluisussa!". Muistakaa rakastakaa toisianne! Nyt tämän miehen on mentävä tekemään, mitä miehen täytyy.

Perjantai 2.1. Kello 11.00.

Näin on uusi vuosi pyörähtänyt käyntiin. Sain sen verran positiivista palautetta lukijoilta, että päätin jatkaa blogin kirjoittelua. Täytyy sanoa, että on mukava huomata, kuinka tällaisen tallukan höpinät ovat pureneet teihin lukijoihin.

Uusivuosi on ohitettu ja meno oli todella hurjaa. Menimme mökkeilemään, niin kuin aikaisemmin kerroin teille. Päivän katselimme maisemia ja söimme hyvin. Pikkuinen oli myös mukana päivän riennoissa. Illan hämärtyessä ammuimme muutaman raketin isovanhempien ja pikkuisen kanssa. Tämän jälkeen isovanhemmat ottivat pikkuisen hoitoon ja lähdimme kaveri pariskunnan kanssa mökille. Laitoin mukavasti saunan lämpenemään ja otin muutaman kylmän huurteisen siinä samalla. Juttelimme kaverin kanssa menneistä, enimmäkseen naisista. Kaveri leuhki aikaisemmilla saavutuksillaan. Kertoi siis rehellisesti, kuinka monelta naiselta on mirriä saanut. Kyllä siinä taisi vähän lapinlisääkin tulla mukana. Naiset siemailivat viiniä ja juttelivat omia juttujaan.

Sauna oli lämmennyt ja menimme kaverin kanssa saunomaan. Saunassa nappasimme tiukan viinapullon esille. Kaveri heitti korkin ikkunasta ja nauroi räkäisesti, ettei viinaa sovi heittää hukkaan.

Aloimme olemaan jo kohtalaisen hyvässä kännissä. Menimme saunasta lumihankeen hyppimään. Kaveri hyppäsi edeltä ja minä perästä, suoraan kaverin päälle. Eihän siinä rehellisessä kännissä tajunnut, että kaverilla napsahtaisi kylkiluita poikki. Minä kun satun olemaan tällainen tonnikeiju. Vähän aikaa kaveri ihmetteli rutisevia luitaan, tempaisi pullon suun huulille ja nauroi, että sattuuhan näitä. Eihän sitä uutenavuotena sovi sairaalaan lähteä makaamaan.

Aloin huomaamaan kaverin selvän humalatilan, kun tämä meni hankeen makaamaan perse pystyssä ja tuikkasi raketin sinne pimeään ja haisevaan aukkoon. Hän otti sytkärin, sytytti raketin sytytyslangan ja pieraisi päälle. Komean roihun hän sai sillä aikaan. Taisi kärventyä perskarvat siinä samalla. Eikä raketti kovin korkealle kerennyt, kun se räjähti hirveästä lämpöaallosta, minkä kaasun ja liekin yhteisvaikutus aiheutti. Täytyy sanoa, että se haju mikä jäi myös leijailemaan ilmaan, oli todella kuvottava. Kuvittele, kun raketin katkuun lisätään pierun haju ja palaneet perskarvat.

Aamuyön huuruisina tunteina aloimme valamaan uudenvuoden tinoja. Itseltäni ja naisilta se onnistui vielä suhteellisen hyvin, mutta kaverilla ei niinkään. Kaveri laittoi kolme tinaa samaan aikaan tinakauhaan. Hän alkoi kaatamaan tinavelliä sankoon, niin hän saikin kaadettua ne omille munilleen. Siitä alkoi komea tanssiesitys. Minä en kyennyt enää mihinkään muuhun, kuin nauramaan hänelle. Tanssiesityksen loputtua purskahdin uuteen nauruun, kun näin hänen tinansa. Tuumasin vain, että enpä ole ennen nähnyt yhtä munarikasta vuotta, kuin mitä tulet saamaan. Kaveri katsoi minua happamasti kyynel silmäkulmassa.

Ajattelin että siinä on selittämistä aamulla lääkärille. Kylkiluut ovat murtuneet, perskarvat palaneet ja mulkkukin on yksi kiiltävä dildo. Toivottavasti saavat sen tinan ehjänä pois päältä, niin saapahan kaverin muija komian leikkikalun itselleen.

Tällainen meno oli meillä uutenavuotena. Toivottavasti ensi uusivuosi menee vähän sujuvammin, mutta hauskaa kyllä oli. Oppiipahan kaverikin olemaan.

Sunnuntai 11.1. Kello 18.10.

Tänään oli se suuri päivä, kun meidän pikkuinen tyttömme sai nimen itselleen. Tyttäremme kastettiin Jenna Alexandra Suurkaluksi. Ensimmäinen nimi on isoisomummoni mukaan, toinen nimi on vaimoni toinen nimi ja sukunimi tietenkin minulta. Sukunimi on periytynyt jo monia monituisia satoja vuosia.

Isäni isoisä on kertonut tarinan, jonka mukaan nimi oli tullut kyläläisten kilpailusta. Kyläläiset kokoontuivat perjantaisin suuren pöydän ääreen. Miehillä oli tapana iskeä lerssi pöytään ja leuku pystyyn merkiksi. Kerran yksi kyläläisistä oli nauranut sukuni ensimmäisille miehille, että sinullahan vallan lyhyt on. Mies oli tuumannut tähän, että sinähän seisotkin pöydän väärällä puolen. Tähän kyläläinen oli valahtanut kalpeaksi ja sanonut, että sinähän se vallan suurkalu olet. Siitä saakka on meidän sukumme kantanut sukunimeä Suurkalu. Kyllä tällaisesta nimestä saa olla ylpeä.

Palataan itse ristiäisiin. Meillä oli melkoisen perinteiset ristiäiset. Mukana olivat neljä kummia, pappi ja lähimmät sukulaiset. Ristiäiset pidimme vaimoni vanhempien kotona. Pappi antoi nimen lapselle, jonka jälkeen yksi miespuolinen kummi heitti kastevedet talon katon yli. Hän todellakin heitti vedet talon yli. Vanhan uskomuksen mukaan lapsesta kasvaa pitkä, jos vedet heitetään korkealle. Siinä on kummilla hankala tehtävä. Kummihan se saa syyt niskoille, jos lapsesta tuleekin kitukasvuinen. Veden heiton jälkeen söimme, kahvittelimme ja juttelimme läheisten kanssa. Pappi istui myös paikalla kolmatta tuntia. Lämminhenkiset juhlat ja kyllähän se tytärkin sai kauniin nimen itselleen.

Perjantai 13.2. Kello 16.30.

Ulkona on jäätävän kylmä ilma. Mittari näyttää reilu kolmeakymmentä miinus astetta. Mieleeni muistuukin yksi saunailta Vesan ja Pekan kanssa. Vaimollani oli kolmekymmenvuotis syntymäpäivät, joita oli päivän aikana juhlittu. Vesa ja Pekka olivat sattumoisin kuulleet juhlista. Pekka oli ostanut kauniin pullon vaimolleni lahjaksi. Matka oli sen verran pitkä, että Pekka oli juonut jo puolet pullosta, ennen kuin se päätyi vaimoni käsiin. Vaimoni kiitteli kauniisti lahjasta. Vesa ja Pekka kyselivät innoissaan, että olisiko minulla jäänyt yhtään pisaraa kaapin pohjalle. Minä pengoin kaapeista kaikki pullot mitä löysin. Vesa korkkasi täyden tiukan pullon, nakkasi korkin lattialle ja tempaisi puolet pullosta ykkösellä alas. Pekka katsoi kieli pitkällä vieressä hommaa, riisti pullon Vesalta ja huikkasi loput puoli pulloa naamariinsa. Minä kävin laittamassa saunan tulille, että voisimme saunoa poikien kesken.

Sauna oli lämmennyt ja oli aika mennä löylyihin. Vesa ja Pekka haparoivat jo kovasti, mutta pääsivät saunan lauteille. Saunan lauteilla he alkoivat inttämään, jos jostakin asioista. Yhtäkkiä Pekka sanoi vesalle, että satasesta vetoa, että et saa minua kanveesiin. Molemmat rymysivät munasiltaan ulos ja aloittivat painin. Se oli todella ruma näky, kun kaksi karvaista miestä painivat ulkona. Pekka pääsi Vesan niskan päälle tai tarkemmin Pekan muna oli jo melkein Vesan persauksissa. Vesa oli polvillaan maassa ja Pekka oli Vesan päällä. Tämä näky oli erittäin silmiä kirvelevä. Sanoisin etten ole nähnyt livenä mitään niin homoa. Pojat kuitenkin rauhoittuivat ja löivät kättä päälle.

Saunan jälkeen tuli aika lähteä baariin. Baarissa sain vakuuteltua portsarille, että pidän pojista huolen. Lupasin ettei ongelmia tulisi. Kyllä se hilpeyttä herätti, kun Vesa pääsi tiskille ja tilasi kalua jollalla. Hän tarkoitti tilauksellaan Jallua kolalla. Menimme pöytään istumaan ja siihen rantautui pari vierasta naista. Naiset esittelivät itsensä pojille, vaan tajusivat että ei heistä ole seuraksi tänä iltana. Pekka roikkui toisen naisen jalassa ja kinusi, että saahan hän edes silittää tämän hiuksia. Portsari näki tilanteen ja nakkasi meidät kaikki ulos.

Maanantai 2.3. Kello 19.01.

Minusta on alkanut tuntumaan, että aika kuluu, kuin siivillä. Erityisesti ajan kuluminen näkyy siinä, kun meidän pikku neiti kasvaa ja kehittyy niin joutuisasti. Tuntuu kuin eilen olisin ollut vielä synnytyslaitoksella ja tänään Jenna jo kääntyilee mahalleen. Jenna yrittää jo kovasti jutellakin. En ymmärrä, että kuka näitä päiviä syö. Enkä ymmärrä mihin kaikki kuukaudet ja vuodet katoavat. Ei mene pitkää aikaa, kun minäkin olen jo pappa. Jenna tuo kohta poikakaverinsa näytille. Ensimmäisen ja varmaan toisenkin kohdalla joudun lohduttamaan häntä erosta. Ehkä se kolmas pidempi aikainen juttu johtaa jo suhteeseen. Minun pikku tyttöni menee kihloihin ja sitten naimisiin. Minun rakas pieni tyttö synnyttää ensimmäisen lapsensa ja minusta tulee pappa. En halua ajatella asiaa tämän enempää. Minun pieni vauva on aina minulle pieni vauva.

Keskiviikko 1.4. Kello 22.30.

Tänään aloitan kirjoittamiseni pahoitteluilla. Työt ja perhe-elämä ovat vieneet suuren osan ajastani, enkä ole joutanut niin paljoa kirjoittamaan, kuin ennen. Totuus on kuitenkin se, että kyllä se laatu määrän korvaa.

Muistelin tässä erästä Vesan ja Pekan seikkailua, johon tavallaan olin itsekin osallisena. Vesa ja Pekka olivat lähteneet juopottelemaan. Samana iltana oli eräänlaiset rock festarit. Olin itse kyseisissä festareissa tuhannen tukka silmillä. Illan aikana haastattelin Vesaa ja Pekkaa ohimennen. Aamulla sitten heräilin ja ajattelin, että menenpä katselemaan festarialuetta näin jälkeenpäin. Sitähän ei koskaan tiedä, mitä ihmiset ovat hukanneet ja unohtaneet alueelle ja sen tuntumaan. Pääsin alueen laitamille, niin näin miehen makaavan metsän laidassa. Mies oli sattumoisin Pekka. Herättelin Pekkaa ja kyselin, että mitä hän siinä metsän reunassa tekee. Tuumasi vain, että joi liikaa ja sortui siihen. Pekka ei sattumalta muistanut, että minne Vesa oli joutunut. Yritimme soittaa Vesalle, mutta häneen ei saanut yhteyttä. Vein Pekan lähimmälle huoltamolle siistiytymään.

Menin kotiini ja kohta ovikello soi. Vesa oli hyvässä humalassa oven takana. Hän valitteli, että Pekka on hukassa. Kyselin, että missä Vesa itse oli ollut. Hän kertoi joutuneensa toiselle paikkakunnalle putkaan, kun samaisen paikkakunnan putka oli täynnä. Vesa oli mennyt soittamaan suutaan järjestysmiehelle ja tämä oli soittanut poliisin paikalle.

Vesa latasi hetken puhelimensa akkua ja pyysi, että vien hänet Pekan luokse. Pekan puhelin oli kiinni, joten lähdimme autolla etsimään. Pitkään ei tarvinnutkaan etsiä, kun näimme Pekan lähikuppilassa istumassa. Ihmeen kaupalla tämäkin tapaus päättyi, kuin päättyikin hyvin.

Torstai 14.5. Kello 23.05.

Tänään sain puhelun harvinaiselta kaverilta. Tämän kaverin kanssa olimme, kuin paita ja perse. Kaikki muuttui, kun hän muutti ulkomaille ja minä menin naimisiin. Kaveri soitti ja kertoi olevan menossa naimisiin. Hän oli löytänyt kuulemma upean naisen ulkomailta.

Tästä mieleeni muistuikin eräs kesä, kun olin bestmanina toisen kaverin häissä. Häitä aloitettiin järjestelemään jo hyvissä ajoin. Jätkien kesken mietimme tietenkin tulevia polttareita, joiden täytyisi olla ikimuistoiset. Ajattelin kaverini olevan niin siveellinen, ettei hänelle ainakaan naisia voisi hommata. Näin sanoivat myös muut kaverit, jotka olivat osa tunteneet jo hänet pidempään. Hommasimme hulppean merenrantamökin, paljun ja törkeän paljon juomista. Kaverille laitoimme päälle nahkalakin ja stringit. Jokainen jätkistä piirsi juhlakaluun kuvia tusseilla. Komeita kuvia niistä tulikin. Seuraavaksi menimmekin paintball radalle. Muut saivat täyden varustuksen ja kaveri ei mitään muuta, kuin aseen ja aurinkolasit. Rehellisyyden ja tasapuolisuuden nimissä kaveri sai olla meitä muita vastaan. Oli siinä näky, kun lopetimme ja laskimme mustelmia hänen kehostaan. Paintballin jälkeen oli julkisen nöyryytyksen vuoro. Laitoimme kaverin laulamaan lastenlauluja erään baarin terassille munasiltaan ja kerjäämään rahaa. Eräs naisista tarjoutui jopa ottamaan poskeen, muttemme jätkien kanssa antaneet tähän suostumusta kesken päivän.

Tirvoimme pitkin päivää olusia ja pelasimme ties mitä pelejä juhlakalun
kustannuksella. Tietenkin sellaisia pelejä missä juhlakalu joutuu juomaan.
Olin hommannut myös paljun mökille ja siinä sitten istuimme ja kylvimme.
Illan hämärtyessä juhlakalu alkoi kyselemään, että olisiko naisia tarjolla. Olin
aivan ällikällä lyöty tämän kysymyksen kuullessani. Tuumasin, että eipä tullut
mieleeni hommata naisia mökille. Kaveri otti puhelimen käteen ja alkoi
soittelemaan maksullisille naisille. Olin aivan ihmeissäni hommasta. Kaveri
kertoi, että tämä on hänelle jo tuttu juttu, että eihän sitä muilla
paikkakunnilla ilman piparia pärjää. Näin siinä sitten kävi, että kaveri sai kuin
saikin hommattua pari naista illaksi viihdyttämään meitä miehiä. Hän sai
molemmat yöksi viereensäkin. Näin saivat polttarit todellisen käänteen ja
häät vietettiin normaaliin tapaan kaikesta huolimatta.

Maanantai 1.6. Kello 17.32.

Tänään olisi ensimmäinen päivä kesäkuuta. Koululaiset ovat päässeet
kouluistaan ja poliisia on jälleen kerran työllistetty. Alaikäiset humalaiset
nuoret jaksavat kerta toisensa jälkeen tuottaa harmaita hiuksia
vanhemmilleen ja poliiseille. Naapurin vanha mummo soittelee, että teidän
Timo se taas näytteli persettä julkisilla paikoilla. Paikallisella huoltamolla
vanhat ukot juoruavat kaikki kylän asiat. Sellaista asiaa ei olekaan, mitä he
eivät tietäisi. Se on kerta kaikkiaan jännä juttu, että pienillä kylillä kaikki
tietävät kaiken. Yleensä ihmiset tietävät tapahtuneen asian, ennen sen
tapahtumistakaan. Sitten juorutaan ja kun juoru leviää, se on muuttunut jo
yhden sata kertaa. Kerran minustakin puhuttiin, että olen saanut
sukupuolitaudin kylän vanhalta piialta. Aloin ihmettelemään jutun yhtälöä.
Jos naisella ei ole ollut miehiä, eikä ole nytkään, mistä hän sen
sukupuolitaudin sitten? Toiseksi, en ole edes jutellut kyseiselle henkilölle
koskaan. Eräänä aamuna heräsin, keitin kahvia ja pienessä aamustondiksessa
menin avaamaan verhoja, niin eiköhän naapurin mummo kuola poskella
vahannut kiikareiden kera ikkunassa.

Pienissä kylissä ja paikkakunnissa on toki ne hyvätkin puolensa. Pidän
luonnossa olemisesta ja siellä todellakin saan olla yleensä rauhassa itsekseni.
Varsinkin pienen kylän laitamilla on sellaisia autioituneita alueita, ettei siellä
ketään enää ole. Muita hyviä puolia ovat palvelut, jotka ovat lähellä.

Nettipalveluista ainakin saa tilattua suoraan kotiovelle. Muita palveluita on kyllä saatettu vähentää aika roimasti. Tokihan pienille kylille pari kylähulluakin mahtuu. Yrittävät nostattaa kylän statusta ihmeellisillä tempauksillaan. Talojen hinnatkin ovat naurettavan halpoja. Kaupungissa saa yksiön samaan hintaan, kuin syrjästä toista sadan neliön omakotitalon. Lähdenpä tästä nauttimaan kesän ensimmäisistä auringonsäteistä ulos. Kiitos ja nam.

Lauantai 20.6. Kello 15.03.

Juhannus! Tänään on jälleen, aivan kuin edellisvuosina samaan aikaan, juhannus. Ajelimme vaimoni kanssa juhannusfestareille ja jätimme pikkuisen mummun ja papan luokse hoitoon. Ei se enää niin pieni kyllä ole, konttaa täyttä häkää ja yrittää tukea vasten kävelemään. Pitää sitä välillä ottaa irtiottoa perhe-elämästä, niin jaksaa taas olla parempi isä ja parempi mies tulevina kuukausina.

Viime juhannus tuli vietettyä mökillä, kuten taisin silloin kirjoitellakin. Toissavuonna kävimme vaimoni kanssa eräillä juhannusfestareilla. Täytyy sanoa, että on tuo ihmismieli jännä juhannuksen aikaan. Menimme festarialuetta kohti, niin siellä juoksi jo munamaraton vastaan. Kymmenkunta alastonta miestä juoksi siis maratonia. Kuskimme sai auton parkkiin, niin auton konepellille istui kaksi uppo outoa miestä ja alkoivat lirkutella vaimolleni. Nousin takapenkiltä ylös ja pienissä mustasukkaisuuspuuskissa kävelin miehiä kohti, kuin vihainen sarvikuono. Miesten katseet kääntyivät minuun päin. Ärjäisin kuin leijona, että vittuun siitä vaimoani vikittelemästä. Miehet juoksivat pää kolmantena jalkana karkuun. Kyllä minäkin varoisin, jos kokoiseni humalainen mies ärjyisi ja tajuaisin, että olisin lirkutellut tämän vaimolle.

Lähdimme kävelemään vaimoni kanssa kohti esiintymislavaa. Meidän oli
määrä tavata kaksi kaveria siellä. Lavaa kohti kävellessä ihmettelin pitkää
jonoa, joka koostui lähinnä miehistä. Jono oli takuulla sata metriä pitkä.
Kävelimme jonon rinnalla ja kun pääsimme jonon alkupäähän, siellä oli pieni
teltta. Teltan edessä oli lappu, jossa luki "euron pano". Yksi nainen istui
tupakalla teltan edessä ja teltassa kuulosti olevan täysi tohina päällä. Luulen
että naiset tekivät kovan tienestin sinä juhannuksena.

Pääsimme lavan eteen ja aloimme katselemaan ympärillemme, missä kaksi
kaveriamme olivat. Saimme toisen kavereista silmiimme ja näimme tämän
lirkuttelevan punatukkaiselle naiselle. Päätimme tämän antaa jatkaa toimiaan.
Toinen kavereista yllätti meidät selän takaa. Hän alkoi repimään meitä, että
lähtisimme ottamaan huikkaa alueen toiselle puolen. Lähdimme
yhteistuumin huikalle. Kaveri näki benjihyppypaikan ja kirmasi sinne
maksamaan itseään sisään. Komea näky oli, kun kaveri hyppäsi alas ja
oksennuskaari tuli edellä maata kohti. Kaveri sattui oksentamaan vielä narun
nykäistessä takaisin ylös. Hänen hiukset ja kasvot olivat aivan oksennuksen
peitossa. Onneksi hän pääsi mereen pesemään itseään. Festarit sattuivat
olemaan siis meren rannalla.

Vihdoin pääsimme ottamaan huikkaa. Kaveri alkoi angstaamaan
oksennuskohtauksesta ja katosi sen sileän tien, kun toinen kavereistani tuli
punapään kanssa juttelemaan. Kaveri ja punapää olivat menossa tanssimaan
ja tämän jälkeen jatkoille punapään kotiin. Jäimme vaimoni kanssa
ihmeissään katselemaan ympärillemme, kun jäimme kahden. Yritin soittaa
kadonneelle kaverilleni. Kolmannella hän vastasi ja sopersi, että olisi
nukkumassa meidän terassilla. Ihmettelin hänen nopeuttaan, sillä hän oli
vielä kymmenen minuuttia sitten vieressämme. Asuimme siis paikasta
kahdenkymmenen kilometrin päässä.

Kaveri löi luurimen korvaan ja soitti hetken päästä uudelleen. Ihmettelin puhelimeen tulevaa kaikua ja huomasin tämän makaavan aitaa vasten vähän matkan päässä. Kaksi naista menivät häntä säälien katsomaan. Kaveri väitti, että olisimme jättäneet hänet yksin. Naiset tulivat pitämään meille saarnaa, että ei kannata jättää kaveria yksin tällaiseen paikkaan tuollaisessa kunnossa. Vaimoni antoi naisille ympäri korvia ja kehotti olemaan puuttumatta toisten asioihin. Vedin naiset sivummalle ja sanoin vielä, että kaveri itse oli lähtenyt lätkimään varkain. He lähtivät selitykseen tyytyen kävelemään pois.

Kauheiden episodien jälkeen pääsimme taas kuuntelemaan festarien esiintyjiä. Keikkojen jälkeen lähdimme kävelemään kohti paikallista huoltoasemaa. Ihmiset olivat sortuneet pitkin rantaa ja potkimme muutamaa hereille. Järjestyksenvalvojat, kun kertoivat, etteivät kerkeä joka paikkaan. Huoltoasemalla olisi pitänyt olla takseja tolpalla. Takseja ei näkynyt missään. Soitin taksikeskukseen ja sieltä sanottiin, että joudutte odottamaan melkein kaksi tuntia. Hetken aikaa tuumimme, että mitä tekisimme. Huomasin pöydässä miehen, joka katseli ympärilleen. Vaistosin, että kyseinen mies voisi olla pimeän taksin kuljettaja. Menin juttelemaan miehelle ja osuin, kuin osuinkin täysin oikeaan. Mies otti meidät kyytiin ja nakkasi kotiin parilla kympillä.

Se oli sellainen reissu silloin. Toivottavasti tänä juhannuksena ei olisi näin paljon draamaa. Olimme tänä juhannuksena edeltä viisaita ja tulimme kahdestaan festaroimaan. Ensimmäinen esiintyjä alkaakin kohta soittamaan, niin lähdemmekin tästä etenemään. Hubaa Jussia kaikille!

TE
PMNO

Torstai 2.7. Kello 20.59.

Nyt voin todeta, että juhannuksesta on selvitty ehjin nahoin. Täytyy sanoa, että oli harvinaisen rauhallinen ja hyvä juhannus, vaikka menoa riittikin. Esiintyjät olivat hyviä ja myös sopivasti kännissä. Yksi ainoa esiintyjä hukkasi kenkänsä kesken keikan ja oksensi lavalta yleisön päälle. Sanoisinko, että normaali juhannus.

Heinäkuutakin on eletty jo toista päivää ja lämpöä riittänyt kohtalaisen hyvin. Ihmiset kikkivät pusikoissa, juoksevat ilman rihman kiertämää ja kukat kukkivat ja mehiläiset pörräävät. Tästä muistuikin mieleeni, kun yläasteella kiusasin luokkakaveria. Olimme yhdeksännellä luokalla ja kaveri ei tiennyt mikä on klitoris. Hieman vahingoniloisena häneltä sitten kyselin, että tietääkö hän edes miten on syntynyt. Kaveri valahti kauttaaltaan punaiseksi häpeästä. Hän ei osannut sanoa mitään. Heitinkin hänelle, että olisikohan käynyt sellainen vahinko, että isälläsi oli jäänyt masturboinnin päätteeksi vessan rengas pyyhkimättä. No hittoonhan se kaveri tästä suuttui, mutta minkä luonteelleen mahtaa. Yleensä olin itse se koulukiusattu, mutta kerrankos sitä sitten erehtyi itsekin henkiseen kiusan tekoon.

Torstai 23.7. Kello 21.40.

Tänään on pakko avautua. Ikinä en ole ymmärtänyt näin selkeästi, kuinka itserakas ihminen voi olla. Se johtunee siitä, etten ole käsittänyt sanaa narsismi. Narsismin mieli kykenee aivan uskomattomiin tekoihin. Ensin narsisti kertoo itsestään kaikkea hyvää ja saa ihmiset uskomaan tämän hyvyyteen. Hän päivittelee sosiaalisessa mediassa, että on siivonnut, kokannut, hoitanut lapsiaan, parantanut maailmaa ja vielä mitä. Totuus on, että hän vain kirjoittaa tehneensä niin, mutta ei ole tehnyt oikeasti mitään. Toinen asia mikä on fakta, että ei tarvitse ihmetellä tappeluita kavereiden välillä, varsinkaan illanistujaisten jälkeen. Narsismi tekee toisista ihmisistä huonompia puhumalla heistä paskaa selän takana. Hän uskottelee kavereille, että olet tehnyt ja puhunut kauheita heidän selän takana. Samaan aikaan hän uskottelee minulle, että kaverit ovat puhuneet ja tehneet kauheita minun selkäni takana. Tällä tavalla hän saa kertojana luottamusta muilta ja muut riitelemään keskenään. Ihmiset ympärillä eivät tajua, että näin on tapahtunut. Narsismi katselee itseään peilistä ja hyvä, että ei hyppää kaivoon, kun näkee oman peilikuvansa siellä. Tässä asiassa on oma hommansa ymmärtää sairauden ja normaalin toiminnan raja. Terve narsisti omaa itseluottamusta ja ymmärtää itsensä tarkoitusperän. Sairas narsismi alistaa toiset, eikä aina ymmärrä tehneensä väärin asioita.

Tämä avautuminen lähti siitä, että olemme joutuneet kavereiden kanssa tilanteisiin, jotka ovat sotineet meitä itseämme vastaan. Pohdimme yhdessä, että mistä nämä tilanteet ovat saaneet alkunsa. Kukaan ei myöntänyt toisilleen tehneensä sillä tavalla, kuin toinen oli ymmärtänyt. Keskusteltuamme tajusimme, että joukossamme on ollut ihminen, joka on saanut meidät riitelemään keskenään. Hän on ollut niin taitava puhumaan ja näyttelemään, että emme ole aikaisemmin ymmärtäneet kääntää katsetta häneen. Onneksi vielä ei ollut liian myöhäistä. Pyytelimme toisiltamme anteeksi kohtuuttomia syytöksiämme ja päätimme jatkaa elämää normaalisti. Tästä lähtien ei tosin ole pelkoa siitä, että tämä narsisti eksyisi meidän kanssa samaan paikkaan.

Maanantai 3.8. Kello 01.00.

Nyt en millään ymmärrä, mikä ihmeen yöllinen hairahdus oli herätä ja aivot alkoivat raksuttamaan. Hitaasti, mutta raksutti kuitenkin. Taisin nähdä unta pari vuotta takaperin menneestä vapusta. Sitä minäkin ihmettelin, että miksi juuri vapusta keskellä syksyä. Palataanpa ajassa taaksepäin, niin tiedätte mitä silloin tapahtui.

Kaverini oli houkutellut minut juhlimaan vappua kaupungille. Ajauduimme kavereiden mukana erään homopojan asunnolle iltaa viettämään. Olimme ensimmäisiä etkoille tulijoita. Meitä ennemmin oli ehtinyt tulla vain yksi mies, joka tuli alastomana avaamaan ovea meille. Hän hihkaisi olevan talon isännän kanssa saunassa. Kyllähän tuo niin hassusti käveli, että taisi olla ottavana osapuolena saunaleikeissä. Muutakin porukkaa alkoi tulemaan hiljakseen asunnolle, mutta meno oli niin kuivaa, että päätimme jatkaa matkaa kaupungille.

Kävelimme kadulla ja eräs mies juoksi rinnallemme. Hän kertoi hengästyneenä juosseen poliisia karkuun. Oli kuulemma joutunut autolla ajellessa huumeratsiaan. Katsoimme kaverin kanssa toisiamme, molemmat yhtä hämillään. Mies kysyi, että lähtisimmekö hänen asunnolle ryyppyä ottamaan vapun kunniaksi. Kaveri vitsillä heitti, että mennään vaan. Minä tähän sitten, että no mennään sitten. Kaveri katsoi silmät lautasina, mutta luvattu mikä luvattu.

Menimme miehen asunnolle ja asunto oli, kuin vanhasta kauhuleffasta.
Kaikki oli vanhaa ja risaista. Hetken katseltuamme, mies meni vessaan.
Pinkaisimme kaverin kanssa ulos asunnosta ja juoksimme todella lujaa ja
todella kauas. Kuulimme miehen huutelevan peräämme.

Saavuimme kaupungin yleiseen juhla kokoontumispaikkaan. Paikka oli
täynnä ihmisiä ja ihmisillä oli, jos jonkinlaisia naamiaisasuja. Kaiken hälinän
keskellä, menin kuselle sivukujalle. Hetken lorotettuani tunsin, kun
olkapäähäni taputeltiin. Eräs mies huusi minulle naama punaisena, että
lopeta hänen taloon kuseminen. Nauroin vain, että yritäpä saada
lopettamaan. Hän tempaisi hartiastani ja käännyin häneen päin. Mies kastui
kultasuihkustani ja meni aivan hämilleen. Nauroin räkäisesti ja pinkaisin
karkuun.

Törmäsimme kokoontumispaikalla vanhaan tuttuun. Vanha tuttu oli juonut
itsensä tuhannen känniin ja tuskin pysyi pystyssä. Vanha tuttu sattui olemaan
myös vanha rasisti. Hän näki tummaihoisen miehen kävelevän kohti. Hän
huusi kovaan ääneen n-sanan ja samalla näin, kun veri lensi. Tummaihoinen
mies löi nimittäin kovaa ja nopeaa. Tilanne oli yhtä nopeaa ohi, kuin oli
alkanutkin. Tuttu makasi maassa, omassa verilammikossa. Jätimme hänet
siihen makaamaan ja lähdimme viettämään iltaa muualle rauhallisemmissa
merkeissä. Loppu ilta sujuikin ihan railakkaasti.

Nyt, kun sain kerrottua tarinani teille, lähdenkin tästä takaisin nukkumaan.
Eihän sitä tiedä vaikka heräisin eri uneen ja tulisin siitä kertomaan teille.
Hyviä öitä!

Maanantai 10.8. Kello 06.00.

Voisi sanoa, että tänään se alkaa taas. Kyyhkyn metsästys nimittäin alkaa
tänään. Meillä päin tämä ei kyllä ole mikään virallinen metsästyskauden
aloitus. Täällä metsästys alkaa yleensä sorsan pyynnistä. Voisi kai sanoa, että
tästä alkaa tulevan metsästyskauden harjoitus kausi. Kyllähän kyyhkyn
lihakin on hyvää, mutta se ei vain ole se h-hetki. Pitää lähteä tästä hiomaan
tarkkuutta ja lähteä hakemaan sitä suurta iloa ja nautintoa, mitä metsästys
minulle antaa. Kymmenen päivän päästä tulee se itse kohokohta, sitä
odotellessa.

Torstai 20.8. Kello 11.00.

Täällä sitä ollaan, passissa nimittäin. Laavut ja teltat on pystytetty. Nuotio roihuaa komeasti taka-alalla. Sää on mitä mainion ja miehen kasvoilla paistaa aurinko. Tätä päivää on odotettu, kuin kuuta nousevaa. Tunti vielä ja juhlat alkakoon. Vesilinnuille tämä päivä ei ole yhtä juhlaa, mutta metsästäjälle tämä on sitä jotakin, jotakin sanoinkuvaamatonta ja kokemuksen arvoista. Tästä alkaa metsästyskausi ja tätä iloa minulta ei vie kukaan. Pois alta risut ja männynkävyt, täältä tulee suuri saalistaja. Täältä tulee suuri erämies ja metsästäjä.

Lauantai 5.9. Kello 20.00.

Huh huh, suomalaista saunaa ei voita mikään. Mikä on sen hienompaa, kuin puulla lämpenevä kiuas. Metsästys on vienyt jälleen kaiken ylimääräisen ajan, mitä perheen ja töiden jälkeen on jäänyt. Saalistakin on tullut kiitettävästi. Pitkästä aikaa minulla oli saunassa aikaa muistella yhtä hienoa festari reissua, minkä tein vaimoni kanssa aikanaan.

Olimme suunnitelleet menoa eräille pienille festareille, missä emme olleet ennen käyneet. Suurin ongelma silloin taisi olla, se että mistä saisimme rahaa reissuun. Jollakin keinoin saimme rahat haalittua kasaan. Starttasimme silloisen automme ja olimme valmiit lähtemään kohti tuntematonta. Matkan aikana ajoimme jonkun hullun teinin kanssa kilpaa. Tämä oli virittänyt autonsa tappiin ja päihitin hänet perus yks piste äkäsellä. Perille päästyämme meille oli jäänyt hurjasti aikaa. Vaimoni alkoi hieman maistelemaan ja kävimme katselemassa ympärillemme. Palasimme takaisin autoon ja vaimoni alkoi kehrätä kiimaisesti. Hän avasi vyötäni ja alkoi imemään sitä, siinä keskellä parkkipaikkaa. Minua hieman tavallaan nolotti, kun ihmiset katsoivat, että mikä sieltä ratin takaa vilkkuu. Ihmiset alkoivat kerääntyä automme ympärille. Minä tyynen rauhallisena katsoin eteenpäin, niin kuin mitään ei olisi tapahtunut. Oli siinä pokassa pitämistä. Hieno kokemus se kyllä oli, eikä siinä enää ollut kyse kiinni jäämisestä. Voisi sanoa suoraan, että se oli melkoista live pornoa auton ulkopuolella oleville.

Pienen sievän session jälkeen, olimme valmiit valloittamaan lavan edustat. Tunsin itseni ainakin kilon keveämmäksi ja aika pirteäksikin noinkin pitkän ajomatkan jälkeen. Ne festarit olivat kaiken kaikkiaan hieno kokemus. Sinällään harmi, ettei näitä festareita enää järjestetä. Ne festarit, olivat viimeiset sillä nimellä järjestettyinä.

Sunnuntai 11.10. Kello 22.01.

Nuorempana miehenä, aikana ennen vaimoa ja lasta, minulla oli tapana viettää aikaa muusikoiden retkujen kanssa. Ne oli sellaisia erilaisia taide porukoita, jos näin voisi kuvailla, varsinaisia persoonia. Kerrankin menin erään tutun bändin keikalle moottoripyörällä. Omistin silloin komean japanilaisen tonnisen customin. Saavuin perille ja bändi alkoi soittamaan. En minä siitä musiikista itsessään niin hirveästi perustanut, mutta kyllä se tunnelma oli mukavaa. Bändien keikoilta tiesi aina, että kuumat gimmat tulevat fanittamaan limaisia jätkiä ja saatanpa saada valkoisena valheena kerrottua olevani itsekin jossakin bändissä. Tällä kertaa minulla ei käynyt flaksi ja olin liian humalassa ajaakseni kotiin. Bändin jätkät lupasivat, että saan yöpyä heidän paritalon puolikkaassaan. Asunnossa oli tasan tarkkaan tupakeittiö ja yksi huone. Basisti ja rumpali ahtautuivat parisänkyyn pieneen huoneeseen ja minulle jäi vaihtoehtona nukkua heidän sängyn alla tai tupakeittiössä. Jälkeenpäin ajateltuna olisin mielelläni nukkunut sängyn alla.

Olimme saunoneet illan päätteeksi ja hieman väsyneinä oli tarkoitus alkaa nukkumaan. Yhtäkkiä ovikello soi ja laulajakitaristi meni avaamaan oven. Ovella oli pari tyttöä, jotka olivat kuulleet bändin majailevan talossa. Tytöt tulivat sisään ja laulajakitaristi sanoi, että voin alkaa rauhassa nukkumaan ilman ongelmia. Aloin nukkumaan ja yhtäkkiä heräsin hirveään huutoon.

Valot olivat sammutettu ja kuulin vain litinää, lotinaa ja huutoa. Laulajakitaristi kikki tyttöjä aivan minun vieressäni. Saatoin tuntea, kun hän heilautti hikisiä hiuksia ja roiskeet ropisivat kasvoilleni. Pidätin oksennusta. Silloin minusta tuntui, että jos olisin saanut puukon, olisin tuikannut itseäni sillä. Lusikalla olisin voinut kaivaa silmät päästäni, sillä näin välillä peiton alta vilahtavan karvaisen perseen, joka oli täynnä finnejä.

En saattanut nukkua koko yönä, vaan painoin tyynyä naamalleni ja yritin olla kuulematta ja näkemättä. Aina kun suljin silmäni, näin tajuntaani piirtyneet ällöttävät kuvat tästä miehestä. Mieluummin olisin nähnyt näiden tyttöjen kurvit, vaan en nähnyt. Toinen tytöistä pyllisti peiton alta, laulajakitaristi veti tätä siis takaapäin ja toinen tytöistä nuoli hikisiä palleja tämän alla. Kuvottavaa, mutta kestin sen kuin mies. Sen jälkeen en ole mennyt bändiläisten kanssa samaan paikkaan nukkumaan.

Sunnuntai 1.11. Kello 8.20.

Aamukahvilla se päivä lähtee käyntiin. Mahtavaa nostaa höyryävä kuppi huulille ja tuntea, kuinka herää uuteen päivään. Ilman kahvia se tuntuu vaikealta.

Viime yönä olivat Halloween kemut kylällä. Nuoret taas tuttuun tapaan kerjäsivät karkkia. Ei sitä silloin, kun minä olin nuorempi. Mieleeni muistui eräät kaverin järjestämät Halloween pippalot. Menin silloisen tyttökaverini kanssa kaverin luokse Halloweenia juhlimaan. Tuttuun tapaan otimme illan aikana muutaman tiukan, muutaman oluen ja saunoimme. Pelailimme myös erilaisia pelejä. Tuli sitten aika mennä nukkumaan. Minulle ja tyttökaverilleni oli sijattu peti lattialle. Siinä aloimme nukkumaan ja ajattelin, että olisipa mukava jörnäistä siinä lattialla. Nukahdin ennen, kuin mitään kerkesi tapahtua. Yöllä säpsähdin jälleen siihen, kun minua panetti aivan suunnattomasti. Haroin tyttökaverini hiuksia, mutta jostain syystä uni voitti jälleen. Aamun pikku tunteina heräsin, eivätkä halut olleet lähteneet vieläkään minnekään. Piinaavat pirulaiset kutkuttivat alapäässä. Oli vielä pimeää ja ajattelin, että nyt on tilaisuuteni tullut. Harvoin tyttökaverini hiuksia ja yritin nuuhkia hänen sulotuoksujaan, mutta en haistanut kuin kaljan katkun. Hivellessäni häntä aloin ihmetellä, että koska hän on oikeasti sheivannut itsensä. Halut oli kovat, niin en joutanut kiinnittää huomiota pikku seikkoihin.

Yhtäkkiä kuulin tyttökaverini nauravan. Hän ei nauranut vieressäni, vaan metrin päässä olevalla sohvalla. Hän, ketä luulin tyttökaveriksi, kääntyi minuun päin. Säikähdin hiiteen ja kaluni pakeni sisälle tuppeensa. Kaverini, joka oli pitkätukkainen, oli tullut viereeni kesken yön. Siinä oli kauhua kerrakseen, mutta onneksi en tehnyt mitään sen enempää, kuin kerroin. Tyttökaverini sai todella makeat naurut ja selitti, että kaverini oli päissään ihan välttämättä halunnut jonkun viereen. Oli sitten tullut meidän keskeen ja nukkunut niin leveästi, että tyttökaverini oli mennyt sohvalle.

Tiistai 17.11. Kello 20.00.

Tänään on rankka päivä takana. Tyttäreni yksivuotis juhlat olivat tänään.
Sukulaisia, kummeja ja kavereita ravasi koko päivän meillä. Kakkua syötiin
niin, että poden varmasti viikon päästäkin vielä suunnatonta ähkyä.
Pikkuneiti sai paljon lahjoja. Oli mukava seurata, kun lapsi saa avata lahjoja.
Se on suunnattoman suuri ilo isän silmille. Nyt meidän neiti on kasvanut yli
vauva-ajan. Ainahan se oma vauva on, mutta virallisesti voisi sanoa, että ei
hän enää vauva ole. Aika tuntuu kuluvan niin suunnattoman nopeaa. Sitä ei
vain parane jäädä liiaksi ajattelemaan. Onneksi nämä juhlat ovat kerran
vuodessa, nyt siivoamaan loppu sotkuja.

Torstai 24.12. Kello 21.00.

Toivotan oikein hyvää joulua kaikille! Kinkku on paistettu ja sitä on jo hyvästi maisteltukin. Joulupukki kävi ja toi isot säkilliset lahjoja. Meidän pikkuneiti ainakin oli ollut todella kilttinä, jos lahjojen määrästä tämän voisi päätellä. Lauluja on laulettu oikein urakalla. Nyt ajattelimme, että menisimme joulusaunaan. Tunnelma on ollut täysi kymppi. Toivottavasti isi saisi vielä piparia ensi yönä, sillä jouluhan on kerran vuodessa.

Torstai 31.12.Kello 23.45.

Happy New Year! Toinen vuosi blogin pitämisestä on tullut täyteen. Kaikenlaista on tapahtunut ja tullut kerrottua. Tämä vuosi on ollut hieman kiireisempi, lapsen syntymän myötä. Kiirettä on riittänyt, mutta niin on onneakin. Toivottavasti olette viihtyneet seurassani ja toivotaan, että jatkoa vielä riittäisi. Kaikki on mahdollista, jollei se ole mahdotonta. Valoimme tinaa ja ennustusten mukaan minulle tulisi tapahtumarikas vuosi ja mahdollisesti rahakaskin vielä. Pitää tästä lähteä loput raketit ampumaan ja lähteä ottamaan uusi vuosi vastaan.

Perjantai 1.1. Kello 2.00.

Ps joulu ei olekaan kerran vuodessa, sain hetki sitten piparia. ;)

THE END!

Kuvagalleria